KNAUR

Von Daniel Holbe sind bereits im Knaur Taschenbuch erschienen:

Giftspur
Schwarzer Mann
Sühnekreuz
Totengericht
Blutreigen

Von Andreas Franz und Daniel Holbe sind bereits im Knaur Taschenbuch erschienen:

Todesmelodie
Tödlicher Absturz
Teufelsbande
Die Hyäne
Der Fänger
Kalter Schnitt
Blutwette
Der Panther
Der Flüsterer

Über den Autor:

Daniel Holbe, Jahrgang 1976, lebt mit seiner Familie im oberhessischen Vogelsbergkreis. Insbesondere Krimis rund um Frankfurt und Hessen faszinieren den lesebegeisterten Daniel Holbe schon seit geraumer Zeit. So wurde er Andreas-Franz-Fan – und schließlich selbst Autor. Als er einen Krimi bei Droemer Knaur anbot, war Daniel Holbe überrascht von der Reaktion des Verlags: Ob er sich auch vorstellen könne, ein Projekt von Andreas Franz zu übernehmen? Daraus entstand die Todesmelodie, die zu einem Bestseller wurde. Viele weitere Kriminalromane folgten.
In »Der Fleischer« zeigt sich der Bestsellerautor von einer ganz neuen, blutigeren Seite.

DANIEL HOLBE

Der Fleischer

THRILLER

KNAUR

Besuchen Sie uns im Internet:
www.knaur.de

Aus Verantwortung für die Umwelt hat sich die Verlagsgruppe Droemer Knaur zu einer nachhaltigen Buchproduktion verpflichtet. Der bewusste Umgang mit unseren Ressourcen, der Schutz unseres Klimas und der Natur gehören zu unseren obersten Unternehmenszielen. Gemeinsam mit unseren Partnern und Lieferanten setzen wir uns für eine klimaneutrale Buchproduktion ein, die den Erwerb von Klimazertifikaten zur Kompensation des CO_2-Ausstoßes einschließt. Weitere Informationen finden Sie unter: www.klimaneutralerverlag.de

MIX
Papier aus verantwortungsvollen Quellen
FSC® C083411

Originalausgabe Mai 2021
Knaur Taschenbuch

Ein Imprint der Verlagsgruppe
Droemer Knaur GmbH & Co. KG, München

Covergestaltung: ZERO Werbeagentur, München
Coverabbildung: Collage unter Verwendung von Motiven von PixxWerk®, München und Aggie 11 / shutterstock.com
Satz: Adobe InDesign im Verlag
Druck und Bindung: CPI books GmbH, Leck
ISBN 978-3-426-52738-2

2 4 5 3 1

Wenn bleich der Mond um Mitternacht
beginnt des Fleischers Stunde
Mit seinem Beil des Wegs er macht
sich auf die stille Runde

Nach draußen fällt das Licht
aus Deinem Fenster hell und rein
Es lockt ihn an Du siehst ihn nicht
doch er blickt längst hinein

Und noch bevor der Tag erwacht
wirst Du der Nächste sein

COUNTDOWN

Er begriff es erst, als es zu spät war. Als sich das Metall wie flüssiges Eis durch seine Haut und Muskeln schnitt. Als zertrennte Nervenenden widersprüchliche Informationen in sein Gehirn sendeten. Schmerz, Panik, Hitze und Kälte gleichzeitig. Passender hätte sich der Begriff Wechselbad wohl kaum erleben lassen. Genau das, ein derart überflüssiger und flüchtiger Gedanke, sollte es also sein, was ihm als Letztes durch den Kopf ging. Bevor ebenjener Kopf mit einem unsanften Ruck von der Halswirbelsäule getrennt wurde, den blutüberströmten Handschuhen entglitt und nach einem Plumpser und etwas Schlingern unter dem Metalltisch zum Liegen kam. Eines der beiden Augen starrte wütend nach oben, das andere hatte einen Blutschleier abbekommen. Doch keines der Augen konnte mehr sehen, und selbst wenn sie noch für kurze Sekunden vom dahinfliehenden Leben durchflutet wurden, so konnten sie die Informationen nicht mehr verarbeiten lassen. Denn das neuronale Netz war bis zu seinem letzten Funken mit den durchschnittenen Nervenbahnen und Adern unterhalb des Halses beschäftigt.

Währenddessen wurde eine Etage weiter oben mit dem üblichen Prozedere begonnen. Verschiedene Metallklingen klapperten auf der Tischfläche. Blut rann oder tropfte hier und da über den Rand, das meiste davon jedoch leitete eine umlaufende Rinne durch einen Edelstahlausguss in einen alten Bottich.

Das eine Messer war dazu da, um die Haut zu lösen.

Das andere, um mit dem Ausweiden zu beginnen.

Dann gab es auch noch die Geflügelschere.

Und während sich das Ganze zu einer Szenerie entwickelte, die auf Chaos, die auf einen blutrauschigen Fuchs im Hühnerstall hindeutete, wusste der Mann in der Fleischerschürze ganz genau, was er da tat.

10

»Kauen Veganer eigentlich Fingernägel?«

Es fühlte sich niederschmetternd an, wenn nicht sogar lähmend. Da stand ich nun also wieder. In Zieplitz. In der tiefsten Provinz, die man sich vorstellen kann. Als Oberhauptkommissar, der nach ein paar aufregenden Jahren in der Bundeshauptstadt zurück aufs Land versetzt wurde. Nicht mal für ein gequältes Lächeln reichte mir in diesem Moment die Kraft.

Vor uns, auf drei mannshohen Stellwänden, waren Tatortfotos und Klebezettel in allen Farben des Regenbogens angebracht. Auf den Bildern dominierten Hautfarbe und Rot, Blutrot, um es genau zu sagen. Noch genauer gesagt, bedeckte das Rot auch die meisten Stellen der abgebildeten Haut. Wenn man näher herantrat, konnte man sogar feststellen, dass das an manchen Stellen darauf zurückzuführen war, dass die Haut großflächig entfernt worden war. Abgezogen. Womöglich bei lebendigem Leibe.

Aber alles, was meinen Kollegen dazu einfiel, war die Frage, ob Veganer Fingernägel kauen.

Es war zum Aus-der-Haut-Fahren. Ein Gedankenbild, das ich erst einmal auf mich einwirken lassen musste. Den kalten Schauer, den es auslöste, ertrug ich mit Fassung.

»Nägel sind ja kein Fleisch«, erwiderte ich dann trocken. »Bei Nagelhaut allerdings …« Ich betonte das Wort nicht ohne Hintergedanken, und jetzt waren es die anderen, die es kalt überlief, wie ich zufrieden feststellte.

Mein Name ist Carlo Zingka. Ich würde mich zuweilen als Arschloch bezeichnen, aber als ein nettes. Jedenfalls konnte ich nett sein, wenn ich wollte. Aber in dieser Sonderkommission, diesem *Team* – auch wenn es sich diese Bezeichnung erst noch verdienen musste –, schien alle Nettigkeit vergebene Liebesmüh zu sein.

Während die anderen mich verhältnismäßig nichtssagend anglotzten, sammelte ich meine Gedanken, um die nächsten Schritte zu planen. Ich zähle mich zu den wenigen Zeitgenossen, die zuerst alles überdenken, bevor sie ihre Meinung herauskrakeelen. Eine Eigenschaft, die schon immer recht dürftig gestreut war und die mit der Erfindung der sozialen Medien ihren Todesstoß erhalten hatte.

Ich schloss für einige Sekunden die Augen und massierte mir den Nasenrücken. Noch vor einem Jahr hatte ich mir als Profiler einen Namen gemacht. Ein Kindermörder, der in den Vorbezirken Berlins sein Unwesen trieb. Ein Perverser, ein Dreckschwein, der sich für besonders schlau gehalten hatte. Aber ich war ihm auf die Spur gekommen. Kaum ein Reporter hatte meinen Namen auf Anhieb richtig ausgesprochen. Carlo, so leierte ich dann meist herunter, so wie der Erzfeind von Micky Maus. Das war noch der einfache Part. Doch das Z von Zingka wurde wie ein englisches Th ausgesprochen.

»So wie in Barcelona?«, fragten die, die sich für besonders schlau hielten, weil sie den Namen der katalonischen Hauptstadt richtig auszusprechen wussten.

»Ich bin aber kein Spanier«, betonte ich dann jedes Mal. Nur zur Sicherheit. Nicht, dass sie aus Versehen noch einen Carlos aus mir machten.

Carlo Zingka also. Der Held von Berlin. Und jetzt der Chef einer gerade mal dreiköpfigen Truppe, mich eingerechnet, von denen der alte Platzhirsch Knoehr mehr Dienstjahre auf dem Buckel hatte als ich und die junge Kollegin zusammen. Nora Träumer, eine blutige Anfängerin. Frisch von der Polizeischule.

Stichwort blutig.

Ich stemmte mich nach oben und steuerte meine Schritte in Richtung der Boards.

Das vorletzte Opfer des Killers war vermutlich ein Landstreicher gewesen. Man hatte seine verkohlten Knochen in einem abgebrannten Feuer auf dem Gelände des Bauhofs gefunden. Keine Übereinstimmung der DNA mit aktuell vermissten Personen. Beim aktuellen Opfer indes lagen die Dinge anders. Es handelte sich um einen Familienvater aus dem benachbarten Ort. Verschwunden nach dem Sonntagsspiel zweier lokaler Fußballmannschaften. Sein abgetrennter Kopf war am Ufer des am Ortsrand gelegenen Löschteiches aufgefunden worden. Gehäutet. Der Anruf war anonym eingegangen, man vermutete daher, dass ein illegaler Angler den Kopf gefunden hatte. Eine intensive Suche förderte diverse Knochen zutage, darunter auch das Becken und ein etwa zwanzig Zentimeter langes Stück des Unterschenkels. Alles in allem eine Szenerie, die dem Begriff Eltern-Teile völlig neue Dimensionen verlieh.

9

Auf dem Herd brodelte das Kochwasser. Ein hoher Metalltopf, so wie man ihn früher in jedem Bauernhaus finden konnte. In jedem zumindest, wo sich in zwei Metern Höhe ein Fleischerhaken an der Hauswand befand, und das war wohl so ziemlich überall der Fall gewesen. Nach dem Krieg hatte es zwar wenige Schweine, aber überall streunende Hunde gegeben. Diese hängte man wohlweislich nicht in seinem Innenhof zur Schau, denn offiziell war das Verzehren von Hunden und Katzen nicht gerne gesehen. Doch ein Mensch lebt nun mal nicht von mehrfach aufgekochter Kartoffelschale allein.

Zufrieden bleckte der Mann in der Schürze seine Zähne und tauchte den hölzernen Rührlöffel in den Sud. Zwischen den Blasen, die zwischen den Fettaugen an die Oberfläche drangen, schwammen die restlichen Teile seines letzten Opfers. Auch so ein Streuner.

Jetzt gehörte er ihm.

*

Hätte Marek Schiller gewusst, wie sein Tag enden würde, wäre er zu Hause geblieben.

»Heute?«, hatte seine Frau Esther geschäumt und sich dabei auf zweierlei Dinge bezogen. Marek arbeitete mit einem Pensum von siebzig Stunden pro Woche. Selbstständig in der IT-Branche. Da ratterten die Anfragen nur so ins Haus, bildlich am besten mit einer ganzen Batterie alter Fernschreiber beschrieben, die niemals stillstanden. Sonntags war sein einziger Tag, an dem er einen Bogen um den Computer und das Smartphone machte – meistens jedenfalls. Es war ein strahlender Tag, die Sonne und die Temperaturen lockten, sich auf die Fahrräder zu schwingen und eine Picknicktour ins nahe gelegene Seegebiet zu machen. Wäre da nicht das Kreis-Derby gewesen. Die beiden stärksten und zugleich am bittersten verfeindeten Vereine liefen auf, während es Bier und Rostbratwürstchen gab. Und später vielleicht, je nach Spielstand, noch eine handfeste Keilerei.

Die schwebte auch im Haus von Esther und Marek in der Luft, so wie eine Gewitterfront, vor deren Unheil verkündenden Wolkentürmen am Horizont es einem schon lange vor dem ersten Donnerschlag graut. Jedenfalls hielt Marek es nicht für unmöglich, dass seiner Frau heute die Hand ausrutschen würde. Sie war durchaus streitlustig, und das liebte er auch im Grunde so an ihr. Doch der zweite Grund, weshalb die Lage heute so besonders explosiv war, lag in dem besonderen Datum. Ihr Kennenlerntag. Marek kannte mindestens fünf Tage, die in jedem Jahreszyklus aufs Neue bedacht werden wollten: Kennenlernen, Zusammenkommen, erster Sex, Verlobung, Heirat. Dazu noch die Geburtstage. Und ganz nebenbei auch noch die Tage ihrer beiden Kinder. Empfängnis, Geburt, erstes Wort, erster Schritt. Wie gut, dass es nicht auch noch einen Erste-Wurst-im-Töpfchen-Tag gab.

Wie unangenehm, dass ausgerechnet mit dem Thema Topf und Wurst ein grausamer Einschnitt in das Leben von Mareks Familie bevorstand. Doch all das hatte er nicht wissen können, als er die Haustür hinter sich zuzog. Genauso wenig, wie er seine geliebte Porzellanskulptur in Scherben zerspringen sah, die Esther wutentbrannt aufs Parkett donnerte.

»Geh doch! Du brauchst gar nicht wiederzukommen!«

Wie sehr sie diese Worte bereuen würde.

Das Fußballspiel verlief ohne nennenswerte Vorfälle. Zwei üble Fouls, eine blutige Nase, sechs Tore. Unentschieden. Keine Keilerei. Und je mehr Bier Marek trank, desto ferner lag die Vorstellung davon, was ihn am Abend zu Hause erwarten würde. Gleichzeitig spürte er jene herzzerreißende Sehnsucht nach einer innigen Umarmung und leidenschaftlichem Sex, die vermutlich ebenfalls auf das Bier zurückzuführen war. Längst nicht betrunken, allerdings ein wenig eingeschränkt in seinen Bewegungen und dem Urteilsvermögen, wurde ihm genau das zum Verhängnis.

Er nahm eine Abkürzung, einen Trampelpfad, der vom Bolzplatz durch ein Wäldchen und hinter einer Siedlung vorbei in Richtung des Neubaugebietes führte, in dem er mit seiner Familie lebte. Ein Fußmarsch von kaum einer Viertelstunde, der ihn nach etwa der Hälfte der Zeit an einem Garten vorbeiführte, der von hohen Hecken umgeben war. Ein breitschultriger Mann mit Arbeitshemd und Hosenträgern mühte sich mit Gartensteinen ab. Seiner Miene nach zu urteilen, hatte er sich mit dieser Aufgabe aber übernommen.

Schweigend trafen sich die Blicke der beiden.

Und während Marek noch darauf wartete, ob der andere ihn um Hilfe bitten würde, hörte er sich selbst sagen: »Soll ich mal mit anpacken?«

War es ein Lächeln? Oder ein Nicken? Oder gar ein kehliges Brummen? Oder reagierte der andere überhaupt nicht auf ihn?

In seinen Augen jedenfalls glaubte Marek zu erkennen, dass er sein Angebot dankend annehmen würde. Dankbarer als so mancher Kunde in seiner verrückten virtuellen Welt. *Und so ein bisschen echte Arbeit ...* dachte er bei sich, während er durch die Gartenpforte trat und auf den am nächsten liegenden Brocken deutete.

Diesmal hörte er es ganz eindeutig.

»Ja.«

Na bitte. Marek bückte sich und tastete mit seinen Fingerkuppen nach geeigneten Ansatzpunkten, während er darauf wartete, dass der Mann sich ebenfalls zu ihm herunterbeugte.

Er sah den Schatten heranrasen, aber konnte nicht mehr darauf reagieren. Als er erwachte, lag er in einem fensterlosen Raum. Und noch bevor sich seine Benommenheit gelichtet hatte, kam die eisige Klinge und riss ihn ein letztes Mal mit voller Wucht ins Leben zurück. Nur, um es ihm dann für immer zu nehmen. Um die Existenz eines Menschen auf die Masse zu reduzieren, aus der er geformt war.

Fleisch, Blut und Knochen.

Wie Wurst. In einem Topf.

8

Früher war sicher nicht alles schlecht gewesen. Wir hatten auf dem Hof einen Berner Sennenhund, der den Namen Dino trug. Nicht ohne Grund, denn es handelte sich um das größte Tier seiner Art, das man im ganzen Landkreis je gesehen hatte. Als Welpe schlief er neben dem Bett meiner Eltern. Als Kind schlummerte ich in seinem Körbchen. So viel zu den guten Zeiten, die wir hatten. Dann kam die Veränderung. Kaum frisches Obst mehr. Nur noch braunfleckiges Gemüse. Verkümmerte Kartoffeln. Kein Wurstbrot mehr, und auch den Sonntagsbraten gab es bald nur noch einmal im Monat. Nach und nach verschwand die Sau mit ihren sieben halbstarken Ferkeln, dann die Hühner und die Gans, später sogar die Enten am Weiher. Bis zu dem Tag, an dem ich nach einer Woche bei Onkel und Tante heimkehrte. Der Bratenduft drang uns schon auf der Straße entgegen. Vor meinen Augen sah ich Rotkohl, Klöße und jede Menge dunkler Sauce. Das Wasser lief mir im Munde zusammen, während ich hinter dem Onkel hertrabte, meinen bunt karierten Koffer in der Hand, und nur darauf wartete, dass Dino mich erschnüffeln und mich Sekunden später vor Freude anspringen und zu Boden befördern würde. Doch Dino, so sagte man mir mit Unheil verkündender Miene, weile nicht mehr unter uns. Ein Wagen. Auf der Straße. Es sei alles so schnell gegangen. Aber so war er nun mal. Ein ungestümes Wesen.

Der Braten tröstete mich kaum, und das lag nicht an dem ungewohnt tranigen Geschmack. Altes Fleisch, sagten die Großen. So war das eben in diesen Zeiten. Für mich waren sie seit diesem Tage deutlich schlechter geworden.

*

»Der Mensch braucht nun mal Fleisch.«

Den Fleischwurstzipfel noch im Mundwinkel hängend, verkündete mir Kollege Knoehr seine Erkenntnisse. Es ging ihm in diesem Augenblick nicht einmal darum, mich zu bekehren, sondern vielmehr um die neuesten Erkenntnisse der Rechtsmedizin. Doch statt nach Verkündung der Ergebnisse zu verstummen, fügte er am Ende lakonisch hinzu: »Na, ist Ihnen der Appetit jetzt vergangen?«

Demonstrativ in einen Karton mit gemischten Nüssen greifend, gab ich spitz zurück: »Warum sehen Sie dabei ausgerechnet mich an?«

»Ich kapier's nur nicht«, kaute Knoehr uns vor und wischte sich zwischendurch mit dem Hemdärmel über den Mund. »Es gibt doch nichts Veganes, was mir schmeckt. Und außerdem ist das alles Chemie.«

»Meine Nüsse sind hundert Prozent bio«, sagte ich. Nora unterdrückte ein Prusten, mir war klar, was sie meinte.

»Diese Nüsse«, deutete ich aus und musste ebenfalls grinsen. »Herrgott, wie albern.«

Dann drehte ich mich zu Knoehr: »Was ist mit Pommes frites, Cola, Bier, Oreo-Keksen oder Marshmallows? Alles ohne tierisches Zutun, sprich: *vegan*. Jedenfalls bei den richtigen Marken. Und behaupten Sie jetzt nicht, dass da nichts Ihren Geschmack trifft.«

Knoehr schnaubte verächtlich. »Ich rede von Wurst, von Steak, von Spiegelei und von Käse. Da gibt es nichts, aber rein gar nichts, was das ersetzen kann.«

»Aha. So was wie Mettbrötchen?«

»Genau.«

»Nichts leichter als das. Wetten, ich finde etwas nicht Tierisches, nicht mit Chemie Verballertes, das Ihren Geschmack überzeugen kann?«

Knoehr fühlte sich sichtlich unwohl, denn nicht nur meine Augen brannten ihm ein gefühltes Loch in den Pelz. »Na ja, meinetwegen. Aber zuerst kümmern wir uns um den Obduktionsbericht.«

»Gute Idee«, erwiderte ich lächelnd. »Ich wollte ohnehin wissen, was ausgerechnet der mit dem Thema Fleischkonsum zu tun hat. Bis dato wissen wir nur eines, nämlich, dass der Mörder über ein hohes Maß an Wissen über die menschliche Physiologie verfügen muss.«

»Na ja, eben«, erwiderte Knoehr. »Was gab es denn hier früher in jedem Ort? Einen Metzger. Und heute haben wir den großen Schlachthof« – er drehte sich zu mir –, »ist keine zehn Minuten von hier mit dem Auto.«

»Danke.« Ich hätte es auch so gewusst. Und wäre es nur wegen des Slogans, den man bis weit über die Grenzen der Region hinaus auf zahlreichen Plakatflächen fand. »MARKfleisch ist STARKfleisch«. »Und weiter?«

»Bei MARKfleisch arbeiten an die hundert Personen. Mindestens die Hälfte davon weiß sehr genau, wie man einen Körper fachgerecht zerlegt. Und die technischen Voraussetzungen stimmen auch.«

»Aha. Und Sie glauben also, dass sich das Risiko lohnt, einen Nachbarn abzumurksen, dorthin zu schaffen und zu zerlegen? Das Ganze bei einem Schichtbetrieb, wo sich mindestens ein Dutzend Kollegen in unmittelbarer Nähe herumdrückt? Na, ich weiß nicht.«

»Haben Sie eine bessere Idee?«

Niemand konnte Knoehr seinen Frust verdenken. Jenem Kollegen, der hier geboren war und wohl auch hier sterben würde. Dienstälter als ich und doch dazu verdammt, die zweite Geige zu spielen. Warum? Weil man schon seit drei Jahren von einem möglichen Serienmörder redete, der ausgerechnet in seiner Heimat sein Unwesen trieb. Seit den letzten beiden Leichenfunden war es offiziell. Und Knoehr galt als Versager. Drei Jahre: Das verzieh einem nicht einmal die wohlgesonnenste Lokalpresse.

Die Nüsse auf einer Tischplatte platzierend, die schon lange keinen feuchten Lappen mehr gesehen hatte, räusperte ich mich: »Was gab es früher in jedem Ort?« Insgeheim erwartete ich fast, dass jemand Metzger rief. Doch so schlimm stand es nun auch wieder nicht um meine Kollegen. Im Gegenteil: Sie waren gar nicht so verkehrt. Nur manchmal fehlte es ihnen an Horizont. »Einen Arzt, einen Tiermediziner, einen Apotheker«, löste ich meinen Gedanken auf. »Irgendjemanden, der sich auf diesem Gebiet auskennt. Jemanden, der sowohl ein ausgewachsenes Pferd zu behandeln wusste als auch eine Hausgeburt durchführen konnte. Und heute?« Ich stand auf und schritt auf die Landkarte zu, über die ich mit meinem Finger Kreise zog wie ein Bussard, der nach Beute späht. Dann stieß die Kuppe zu. Drei Mal. »Hier, hier und hier. Zwei Krankenhäuser und eine Privatklinik. Dazu mindestens ein Dutzend Ärzte in einem Umkreis von fünfundzwanzig Kilometern. Jeder von ihnen hat sich gut genug mit der menschlichen Anatomie beschäftigt, um einen Toten sauber und mit geringem Aufwand zerteilen zu können.« Ich ließ den Blick kreisen. Kollegin Träumer kaute nervös an den Nägeln. Knoehrs Gehirn befand sich im Arbeitsmodus, wie seine Augen mir verrieten. Ich meinte, sogar noch etwas mehr zu erkennen, konnte es aber nicht genauer einordnen. Eine Schippe legte ich dann noch mit einem Augenzwinkern drauf. »Dazu kommen noch die beiden Kollegen der Rechtsmedizin. *Wenn* sich einer aufs Zerteilen und Verschwindenlassen versteht, dann die.«

Die Stille im Raum fühlte sich unerträglich laut an. Ich konnte das Blut in meinem Kopf strömen hören und spürte jeden Herzschlag.

»Scheiße«, sagte Knoehr dann, und alle Anwesenden zuckten zusammen. Er fuhr sich über den Bauchansatz, der die Karos seines Hemdes ziemlich gut in Spannung versetzte. »Aber warum finden wir dann überhaupt etwas? Eine Klinik hat doch auch ein Labor. Warum den zerlegten Toten nicht in eins dieser Plastikfässer legen, ordentlich Flusssäure drauf und abwarten?«

»Natronlauge täte es auch«, meldete sich Nora Träumer zu Wort. »Habe ich im Internet gelesen.«

»Wir sind aber weder im Internet noch im Fernsehen«, sagte ich. »Mal abgesehen davon, dass das Inventar von Laboren heute mit Argusaugen überwacht wird. Was wir wissen, ist unterm Strich Folgendes: Der Mörder verfügt über Kenntnisse und auch über Mittel. Andererseits gibt es die Kenntnisse gratis im Internet und die Mittel in jedem Baumarkt. Deshalb schlage ich vor, dass wir uns auf die Opferprofile konzentrieren. Was haben das vorletzte Opfer, ein Gammler, und ein Familienvater gemeinsam?«

Wieder war es Nora, die eine Antwort parat hatte. »Sie waren zur falschen Zeit am falschen Ort?«

»Das könnte ein Ansatz sein«, stimmte ich lächelnd zu.

*

Das Umland von Zieplitz war *die Mark*. Wobei der Name weniger von der Sehnsucht nach einer alten Währung herrührte, sondern vielmehr eine sehr alte Kulturlandschaft bezeichnete, die sich (je nach Epoche mal weiter, mal enger) um Berlin spannte. Um Zieplitz herum fand man den Charme der Mecklenburgischen Seenplatte und die Anmut des Schwarzwaldes kombiniert. Dazu eine Prise des Zaubers vom Auenland, wie Tolkien es einst beschrieben hatte. Touristisch betrachtet, konnte man jedoch bestenfalls von einem Geheimtipp, realistisch betrachtet, eher von einem Entwicklungsland sprechen, was hauptsächlich daran lag, dass man die Region bei der Verkehrsplanung völlig übergangen hatte. Stillgelegte Gleise und schmale Kreisstraßen waren bis auf wenige Ausnahmen die einzigen Verkehrsadern. Umso wichtiger, dass es den Tagebau gab, einige Pharmaunternehmen, die sich nach der Wende billiges Land gesichert hatten, und natürlich MARKfleisch. So konnte eine Landflucht in die nicht allzu weit entfernte Hauptstadt vermieden werden, und man blieb unter sich. Genau wie die Verbrechen, die sich hier zutrugen.

Anstatt mich ins Auto zu setzen und zu den Kollegen der Rechtsmedizin zu fahren, wurde ich von Knoehr mit einem Termin erwartet, den er nicht allein wahrnehmen wollte.

»Was ist mit Träumer?«, erkundigte ich mich missmutig, ohne dabei durchblicken zu lassen, dass diese mich begleiten wollte.

Knoehr schüttelte energisch den Kopf. Wieder gepaart mit einem seiner Blicke, von denen ich mittlerweile wusste, dass sie den Hauptteil seiner Mimik abbildeten.

Ich versuchte, genervt dreinzublicken, in der Hoffnung, auch er könne in meinen Augen lesen. »Okay. Verraten Sie mir wenigstens, um wen es sich handelt?«

Sein Name war Sammy Metzler, und scheinbar war ich der Einzige, der dabei zwangsläufig an Gemetzel denken und mir ein breites Grinsen verbieten musste.

*

»Fritz Haarmann ist Ihnen ja wohl ein Begriff, oder?«

»Natürlich«, sagte ich und fuhr mir durch die Haare. »Aber was hat das mit unserer Ermittlung zu tun?«

Metzler stieß ein kehliges Lachen aus. Er war klein, gedrungen und hatte einen derart wachsamen Blick, dass er damit seine Gegenüber regelmäßig in Unbehagen zu versetzen wusste. So auch mich.

»Im Laufe der letzten drei Jahre sind hier mindestens sieben Menschen verschwunden«, setzte er mich ins Bild, »und man hat Überreste von mindestens fünf weiteren aufgefunden. Meistens Herumtreiber, manchmal aber auch Einheimische.«

Ich nutzte eine Atempause, um dazwischenzugehen: »Und das hat jetzt *was* mit Haarmann zu tun? Soweit ich weiß, war Haarmann ein Kannibale. Doch es gibt keine Hinweise ...«

»Sag ich doch!« Der Gesichtsausdruck Metzlers verwandelte sich in eine triumphierende Miene. Er förderte ein Notizbuch zutage und schlug es dort auf, wo das Bändchen aus den Seiten lugte. Dann spitzte er die Lippen und las in einer Art Singsang:

»Warte, warte nur ein Weilchen,
bald kommt der Fleischer auch zu dir.
Mit seinem kleinen Hackebeilchen,
macht er Schabefleisch aus dir!«

Er blickte auf, grinste breit, und fuhr fort: »Das kennen Sie doch bestimmt. Gehört das nicht zur Ausbildung? Gefällt Ihnen, was ich daraus gemacht habe: *Der Fleischer?*«

»Ich finde es geschmacklos«, antwortete ich, ohne mich dabei verstellen zu müssen. »Wollen Sie das etwa drucken?«

»Steht morgen drinnen, wenn nicht noch eine Katastrophe passiert.«

»Und dass Sie damit die Polizeiarbeit behindern könnten, stört Sie nicht?«

»Was hat die Polizei denn die letzten drei Jahre getan?«

Ich spürte, dass ich diesen Schmierfinken immer weniger mochte. Gleichzeitig wurde mir klar, dass ich mir mehr Mühe geben musste, wenn ich ihn beeindrucken wollte.

»Da haben Sie natürlich recht«, räumte ich daher ein. »Aber jetzt hat man mich ja dazu gerufen. Das soll jetzt nicht überheblich klingen, aber ich habe nicht vor, allzu lange hierzubleiben.«

»Aha.«

»Nein. Ich könnte dazu einen Verbündeten gebrauchen, der sich hier auskennt. Jemanden, der *nicht* zum Polizeiapparat gehört. Einen frischen Blick sozusagen.«

Sammy Metzler grinste bis über beide Ohren. »Dann habe ich also Ihr Gehör?«

»Sicherlich. Gibt es denn noch mehr als das Gedicht? Haben Sie jemanden in Verdacht?«

»Na, na«, wehrte Metzler ab. »So gut kennen wir uns jetzt auch noch nicht. Aber ich sage nur eines: Die Überreste, die man gefunden hat, tragen eindeutige Hinweise, dass es sich um einen Kannibalen handelt. Bei Haarmann hat das auch keiner wahrhaben wollen, aber ich bin mir ganz sicher. Und es gibt eine Menge weiterer Leute, die dasselbe denken, nur traut sich keiner, das laut zu sagen. Deshalb soll es morgen schwarz auf weiß zu lesen sein.«

Ein Schauer überlief mich. Allein die Vorstellung davon, welche Telefon- und E-Mail-Lawine eine solche Meldung auslösen würde! Von all den Verrückten, die sich auf den Plan gerufen fühlen würden, ganz zu schweigen. Ich blinzelte ins Sonnenlicht, welches durchs Fenster fiel und mein Gesicht traf. Sofort musste ich heftig niesen. Eine meiner Schwächen, von den Berliner Kollegen zuweilen als »Sonnenallergie« bezeichnet. Immer dann, wenn ich direkt in die Sonne blickte, musste ich niesen. Ich entschuldigte mich und kramte nach einem Taschentuch, und während ich mir die Nase putzte, kam mir der erlösende Einfall.

»Wenn ich Ihnen einen kleinen Einblick in *unsere* Theorie gebe«, sagte ich mit Bedacht, »können Sie den Artikel doch bestimmt noch für eine Weile zurückhalten.«

7

Nora Träumer ließ den Anschnallmechanismus des Fahrersitzes einschnappen und zupfte sich anschließend den Gurt unter ihrer Brust zurecht. Einmal mehr musste ich feststellen, wie hübsch sie war. Und wie jung. Viel zu jung für einen alten Bock wie mich.

»Ist das Ihre erste Obduktion?«, fragte ich, während sie den Motor ihres Wagens aufheulen ließ. Ein weißer Audi Quattro. Um das Lenkrad war eine Hülle mit Strasssteinen gelegt, und das USB-Ladegerät im Zigarettenanzünder hatte denselben Besatz.

Ihr Gesicht blickte mich unschuldig an.

»Müssen wir dieses blöde Sie wirklich beibehalten?«

Die Beschleunigung drückte mich tief ins Leder des Sitzes. Meine Hände verkrampften sich. Ich hatte das Duzen von vornherein nicht angeboten, weil ich nicht das geringste Interesse verspürte, mich mit dem Kollegen Knoehr zu verbrüdern, der sich mit Händen und Füßen gewehrt hatte, mich als Vorgesetzten vor die Nase gesetzt zu bekommen. Dass es nur vorübergehend war, machte die Sache nicht viel besser.

»Ach, ich weiß nicht«, wand ich mich unschlüssig. Wollte ich mich mit dem Sie davor schützen, Nora nicht *zu* attraktiv zu finden? Funktionierte das überhaupt auf diese Weise?

»Na ja. Ich hatte nie einen Dad«, plapperte sie freiheraus. »Und Knoehr, nun, der ist so ein Stoffel. Aber du ... also Sie ...«

Aha. Eine Vaterfigur. Papa Zingka oder wie? Aus der geheime Traum, dass sie mich auch irgendwie als Mann wahrnehmen könnte. »Ist schon gut«, kürzte ich das Ganze ab. »Also. Ich bin Carlo.«

Sie strahlte bis über beide Ohren. »Nora. Hihi. Weißt du ja.«

»Also noch mal wegen der Obduktion. Das ist kein Zuckerschlecken, schon gar nicht, wenn der Körper nur stückchenweise vorliegt und die Zersetzungsprozesse schon begonnen haben.«

Nora winkte ab, dann legte sie ihre Hand zurück auf die Strasssteine. »Ich hatte in der Ausbildung schon mal das Vergnügen.«

»Als Vergnügen hätte ich es jetzt nicht bezeichnet ...«

Es war ein sonderbares Gefühl, nicht selbst zu fahren. Und ebenso sonderbar, ihr zuzuhören, als sie mit einem Schulterzucken verkündete:

»Es wird wohl nicht die letzte Leiche sein, die ich sehe.«

»Mag sein. Hast du vor, hier wegzugehen?«

»Nein. Hier bin ich geboren, hier werde ich sterben.«

»Hmm.« Ich konnte mir nicht helfen, diese Vorstellung als trostlos zu betrachten. Und gerade jetzt ...

»Schöner Mann, hundert Enkel, Haus am See, du verstehst?«

Ein alter Songtext flackerte in meiner Erinnerung auf.

»Ich verstehe. Und Mandelblüten auf dem Weg oder so ähnlich.«

Nora lachte auf. »Ja, so ähnlich. Es waren Orangenbaumblätter.« Dann huschte ein Schatten über ihre Miene. »Aber am Ende kommt es gar nicht darauf an, welche Bäume es sind. Lust auf einen kleinen Umweg?«

Da wir wegen des Reporters ohnehin schon viel zu spät dran waren, zuckte ich mit den Schultern. Zehn Minuten später bog der Audi in eine kopfsteingepflasterte Allee ein, die über eine Brücke zu einem überwucherten Gutshaus führte, dessen Glanzzeit längst vergangen war.

»Aprikosenbäume«, kommentierte Nora mit einem Nicken. »Das Exotischste, zu dem die hohen Tiere sich hinreißen ließen.«

»Welche hohen Tiere? Stasi?«

Sie zuckte mit den Schultern. »Angeblich hatte Walter Ulbricht große Pläne mit dem Anwesen. Aber das sind alte Kamellen. Ursprünglich gehörte es einmal dem russischen Zaren. *Katharinenhof.* Aber was zwischen Katharina der Großen und der Revolution hier so alles passiert ist, wissen wohl nur noch die Mauern.«

Das Haus wies ein halbes Dutzend Steinsäulen und zwei Türme auf. Sandsteinfassade. Unzählige Fenster. Überall wucherten Efeu, Disteln und Brennnesseln.

Der Audi schwenkte seitlich, so dass die Front parallel zur Beifahrerseite lag. Nora ließ das Fenster hinabgleiten und erklärte mir, dass das seit Kindertagen ihr Traumhaus sei. Leer stehend, seit sie denken konnte. Stets zu weit abseits, um einem Promi aus dem Westen in die Hände zu fallen, und außerdem gäbe es da noch eine andere Sache.

»Und die wäre? Ist es etwa ein Leichenhaus mit dunkler Geschichte?«

»Das wäre mir egal«, antwortete sie und verharrte noch für einige Sekunden, ehe sie den Audi erneut in Bewegung setzte. »Es ist leider viel banaler.«

»Aha. Zu teuer, vermute ich.«

Nora lächelte. »Nah dran. Schätz doch mal.«

In solchen Sachen war ich nicht wirklich gut. Doch wie viel konnte ein solcher Bau schon kosten? Die Lage war zwar traumhaft, aber das Land war billig und der Zustand des Hauses ...

»Ich habe nicht den blassesten Schimmer. Zweihunderttausend? Vierhundert?«

»Es kostet *einen* symbolischen Euro!«, schnaufte meine Kollegin empört. »Verbunden mit der Auflage, das Anwesen zu restaurieren.«

»Finde ich gar nicht so schlecht«, musste ich zugeben. »Damit baut man windigen Spekulanten vor, oder?«

»Mag sein! Aber unser lieber Herr Bürgermeister und sein Stammtischkumpel im Bauamt haben derart fiese Bedingungen erlassen: Die kann keiner erfüllen, der nicht Millionär ist. Eine Drecksbande. Die lassen es lieber verfallen, anstatt es jemand Einheimischem zu geben, der Pläne damit hat.«

»Pläne?«

»Mein Freund und ich würden es Stück für Stück instand setzen. Neunzig Prozent Eigenleistung. Aber vergiss es einfach.«

Ich versuchte es. Und ich versuchte, nicht allzu enttäuscht darüber zu sein, dass Nora einen Freund hatte.

»Um noch mal auf die Rechtsmedizin zurückzukommen«, sagte ich nach einer Weile, in der ich aus den Augenwinkeln die Landschaft vorbeifliegen sah und beobachtete, wie die Miene meiner Kollegin sich wieder entspannte.

»Keine Sorge.« Jetzt lächelte sie wieder und warf mir einen kecken Blick zu. »Ich bin härter, als du denkst. Verrat mir lieber mal, wie du Sammy zum Schweigen gebracht hast. Als er aus deinem Büro kam, wirkte er fast schon wie ein geprügelter Hund.«

»Ach, im Grunde nichts Besonderes. Er hatte sich ziemlich an dieser Kannibalismus-Theorie festgebissen, weshalb ich ihm diesen Zahn mal gezogen habe.«

»Und wie ist dir das gelungen? Letztens hat er es nämlich schon mal bei mir versucht –«

»War gar nicht schwer. Ich habe ihm von unserer Theorie von dem medizinisch Gebildeten erzählt, der über das Wissen und den Zugang zu entsprechenden Werkzeugen und Chemikalien verfügt.«

Nora schluckte hart. »Sammy Metzlers Vater besitzt die älteste Apotheke vor Ort. Hat Medizin studiert und – o Gott! Wenn dieses Täterprofil bekannt würde –«

»Ich weiß«, feixte ich, nicht ohne Triumph in der Stimme. »Dieser Maulkorb sitzt erst mal eine Weile.«

*

Warum genau wir die dreißig Kilometer auf uns genommen hatten, um den Rechtsmedizinern einen Besuch abzustatten, konnte hinterher keiner mehr so genau sagen. Es war ein wenig wie im Fernsehen, nur langweiliger. Kauzige Herren, die optisch ein bisschen an die beiden Quälgeister Waldorf und Statler aus der Muppet-Show erinnerten. Ihre Bewegungen indes hatten mehr von Wallace & Gromit. Doch das alles zählte nicht viel, sondern das, was sich hinter ihrer Stirn verbarg.

»Vielleicht ein Kunstliebhaber«, schnarrte der Ältere von den beiden. Längst nicht so weiß wie sein Puppen-Pendant, aber mit derselben Frisur, zählte der Weißkittel auf, zu welchen Schlüssen er gekommen war. »Ist es nicht das, was Sie tun?«

Er bezog sich dabei auf mich. Den Profiler. Mein Ruf war mir also vorausgeeilt. Ich räusperte mich. Das Gedankenpuzzle ergab sofort ein Bild.

»Sie sprechen von abgezogener Haut?«, vergewisserte ich mich.

»Ich spreche zunächst von Knochensäge und Skalpell. Aber ja«, er nickte eifrig, »unter sämtlichen Funden der vergangenen Jahre gibt es immer wieder Hinweise. Und Marek Schiller«, er deutete auf eine der Kühlkammern hinter seinem Rücken, »fehlt genau die Hautstelle, auf der es gemäß seiner Ehefrau eine Tätowierung gab.«

Der Kollege formte einen Kreis aus beiden Händen. »Ein Totenschädel mit Rose. Etwa so groß.«

»Aha. Deshalb der Kunstgedanke«, hörte ich Nora Träumer sagen und stülpte zeitgleich meine Lippen nach außen, was meiner Denker-Visage entsprach.

»Könnte ein Ansatzpunkt sein.« Ich nickte nach einigen Sekunden. »Aber wie soll uns das weiterhelfen? Es wird ja wohl niemand einen Hautlappen mit Totenkopf am Mast im Schrebergarten hissen.«

Es klang viel lächerlicher als beabsichtigt.

»Einen Totenkopf mit Rose zwischen den Zähnen«, fügt der Arzt hinzu. Im Gesicht seines Kollegen las ich so etwas wie Abscheu. Aber weniger wegen der Vorstellung, dass jemand tätowierte Menschenhaut als Souvenir zurückbehielt, sondern vielmehr wegen Zweifeln an der Theorie an sich.

»Was haben Sie dazu zu sagen?«, wandte ich mich daher an ihn.

»Zuerst einmal: Ich widerspreche nicht«, betonte er, nicht ohne zusammenzuzucken. Natürlich wollte er seinem Kollegen nicht in den Rücken fallen, so viel konnte ich verstehen. Dennoch wagte er es zu sagen: »Für mich steht das Zerteilen an sich im Vordergrund. Die Schnittmale. Die Arbeitsweise. Wir können sicher sein, dass es sich um den- oder dieselben Täter handelt. Zumindest handelt es sich um exakt dieselben Tatwerkzeuge und um dasselbe Vorgehen. Keines der Opfer wies Betäubungsmittel auf, Alkohol nicht einberechnet, aber niemals so viel, dass er zur Bewusstlosigkeit geführt hätte. Dort, wo wir einen Schädel zur Untersuchung hatten, zeigten sich Schlagmale eines stumpfen Gegenstandes. Brecheisen, Baseballschläger, vielleicht auch ein Hammer. Die Opfer starben am Blutverlust, nicht an der Kopfverletzung. Es sieht alles danach aus, als habe er sie geschlachtet. Nicht abgeschlachtet. Ich meine es im wörtlichen Sinne. Betäubt, getötet, zerlegt.«

»Und dann verspeist?«

Noras Frage jagte mir einen Schauer über den Rücken. Dieses kleine, zierliche Persönchen. Und doch so abgebrüht.

Waldorf und Statler wechselten einen schnellen Blick.

»So weit können wir das nicht mit Gewissheit sagen«, antwortete der Jüngere kopfschüttelnd.

»Wobei auffällig ist, dass wir niemals völlig intakte Körperteile fanden«, sagte der andere. »Entweder die Haut wurde abgezogen, oder das Fleisch fehlte ganz. Als wäre es ausgebeint. Oder gekocht.«

»Widerlich«, erwiderte ich grimmig. Und fühlte mich plötzlich so, als wäre ich ein alter Hase, der neben meiner jungen Prinzessin wie ein Weichei wirkte.

Beim Hinausgehen konnte ich es mir daher einfach nicht verkneifen zu sagen: »Wussten Sie übrigens, dass wir ein Täterprofil haben, das auch Rechtsmediziner mit einschließt?«

Nora unterdrückte ein Kichern.

Ansonsten war kein Mucks zu hören.

*

Am Abend stand ich in der niedrigen Küche des Hauses und schmierte mir zwei Scheiben Brot. Dunkles Roggenbrot mit einer dicken, aufgeplatzten Kruste. Die Margarine wurde von den feuchten Poren des Teigs, der herrlich säuerlich duftete, förmlich aufgesogen. Dazu hatte ich mir Radieschen bereitgelegt und ein paar saure Gurken. Doch am allerwichtigsten war das, was auf die Margarine kam.

Wurst.

Während ich die Scheiben, die man rein optisch am besten als ein Mittelding zwischen Corned Beef und Jagdwurst beschreiben könnte, auf die Brotscheiben legte, kreisten meine Gedanken um den Kollegen Knoehr. Nicht gerade jemand, mit dem ich das Abendessen verbringen wollte. Aber immer wieder stieß mir seine Abwehrhaltung gegenüber Vegetariern oder Veganern auf – eine Haltung, mit der er ja nicht allein dastand. Dabei lag es mir fern, andere zu einer Abkehr von tierischen Produkten zu bewegen. Andererseits hatte ich mich zu dieser bescheuerten Wette hinreißen lassen.

Ich biss in die Schnitte, und für einige Sekunden wich alle Bitterkeit dem herrlichen Geschmack, der mit ein wenig Fantasie an eine Kombination aus Huhn und Lamm erinnerte.

»Tja, lieber Knoehr«, dachte ich laut, während ich ein zweites Mal abbiss und mir eine Gurke in die Wangentasche schob. »Die Wette wirst du wohl verlieren.«

6

Als Gregor Vollmer sein Wohnhaus betrat, hatte sich längst Finsternis über den Ort gelegt. Eine wolkenverhangene Dunkelheit, die weder dem Mond noch den Sternen eine Chance gab. Hinter einigen Fenstern glomm Licht, flackernd von Bildschirmen oder mattgelb von Leseleuchten. Hier und da löste eine Katze einen Bewegungsmelder aus, und LED-Spots flammten auf und erloschen wieder. Er war müde. Auch wenn er Vollblutpolitiker war und seinen dritten Durchgang als Bürgermeister in ein paar Monaten gegen eine vierte Amtszeit tauschen würde, machten ihm die kleinen und großen Malaisen seiner Gemeinde an manchen Tagen mehr zu schaffen als sonst.

Lydia und die Kinder waren übers Wochenende zu ihren Eltern gefahren, wie so oft in den letzten Monaten. Irgendwann würden sie für immer dort bleiben, dachte Gregor, während er den Schlüssel im Schloss drehte. Der Preis seines Erfolges. Das vertraute Knarzen erklang. Die Tür schwang auf. Im Inneren ein schwarzes Loch voller Stille und Dunkelheit, welches ihn im nächsten Augenblick auch schon verschlang. Doch bevor der Bürgermeister seine Haustür ins Schloss drücken konnte, spürte er einen Widerstand in der Bewegung. Mal wieder die Fußmatte, die sich hochgeklappt hatte. Er wollte fluchen und zog die Tür einige Zentimeter auf. Wartete auf das dumpfe Geräusch, wenn die Matte zurückfiel. Doch es blieb aus. So einfach machte sie es ihm heute nicht. Der angestaute Frust über das letzte Telefonat mit Lydia schwappte über, während er die Tür vollends aufriss. Wieder einmal hatte sie ihm gedroht, sich bei seiner Wiederwahl endgültig von ihm zu trennen. Sie habe ja ohnehin keinen Mann mehr. Gregor Vollmer war im Begriff, mit dem Fuß auszuholen und diese bescheuerte WELCOME-Matte und einen Teil seiner schlechten Laune mit einem kräftigen Tritt für immer ins Jenseits zu befördern. Doch bevor er dazu kam, sah er Sterne. Trotz Wolken. Sie tanzten hinter seinen Augenlidern, während der Kopf auf die verhassten Kokosfasern schlug.

WELCOME.

*

Angeblich dauert es eine halbe Minute, bis ein Körper ins Jenseits übertritt, sobald die Klinge sich durch Halsschlagader und Luftröhre gearbeitet hat. Angeblich schaltet der heftige Blutverlust auch das Schmerzempfinden aus, welches ein solcher Schnitt verursacht. Doch der Bürgermeister war auch nach einer weiteren Minute noch durchaus in der Lage, mitzubekommen, was mit ihm geschah. Er wollte es nicht glauben, er konnte sich nicht regen, und immer wieder kreisten seine verzweifelten Gedanken um Lydia. Wäre sie nicht weggefahren ...

Er lag auf der Kücheninsel. Nackt. Deutlich war das Kochfeld unter seinem Steiß zu spüren, und die Beleuchtung der Dunstabzugshaube blendete ihn. So also mochte sich ein Steak fühlen, bevor es vom siedenden Öl ergriffen wurde.

Was für ein Unsinn, hätte Gregor unter normalen Umständen vermutlich gedacht. Ein Steak fühlte doch nichts.

Ganz im Gegensatz zu ihm. Deshalb waren es auch keine normalen Umstände, jedenfalls nicht für ihn. Statt philosophischer Gedanken wollte er einfach nur schreien, als er die Klinge sah, die sich über seine Brust senkte. Doch er brachte nur ein hustendes Gurgeln zustande. Und er wusste, dass es nur noch Sekunden dauern würde, bis ...

Die gezielten Schnitte spürte er kaum. Er zuckte zwar, doch das hielt die Klinge nicht ab. Scharf wie ein Samuraischwert zog sie ihre Bahnen. Nur als sie seine linke Brustwarze streifte, hätte er sich am liebsten aufgebäumt.

War es das Schmatzen seiner Luftröhre, oder rührte das grauenerregende Geräusch tatsächlich von den Hautstreifen, die ihm in seinen letzten Sekunden als Lebender vom Leib gezogen wurden?

Die Knochensäge jedenfalls spürte Gregor Vollmer nicht mehr.

Und eine vierte Amtszeit würde es auch nicht geben.

*

»Sie mögen mich nicht, hab ich recht?«

Knoehr stand neben der Kaffeemaschine und wartete darauf, bis seine doppelte Portion durch die Pads gelaufen war. So viel Offenheit hätte ich ihm gar nicht zugetraut, weshalb ich fast ins Schwimmen gekommen wäre.

»Ich dachte, das beruhe auf Gegenseitigkeit«, antwortete ich diplomatisch.

Knoehr grunzte und griff nach der H-Milch. Der Stille entgegenwirkend, fuhr ich fort: »Na ja, weil ich Ihnen einfach so vor die Nase gesetzt worden bin. Das wäre mir als Platzhirsch auch nicht recht.«

»Platzhirsch?«

Herrje! War es ausgerechnet dieses bescheuerte Wort, das er sich aus meiner Rede herauspicken musste?

»War vielleicht ungünstig«, räumte ich hastig ein und beugte mich hoch konzentriert in Richtung des Kaffeekochers.

»Viel ungünstiger war es, mich und meine Familie als potenzielle Täter hinzustellen«, platzte es aus ihm heraus. Zart schaumgebremst, wie ich mit einem schnellen Blick feststellen musste. Dabei verstand ich nur Bahnhof.

Bevor ich etwas entgegnen konnte, schimpfte er auch schon los: »Mein Onkel war hier der Dorfarzt. Er hat den Bürgermeister zur Welt gebracht und noch so den einen oder anderen mehr. Hebammen? Kreißsäle? Pffft! Das haben wir hier alles so hinbekommen. Und er konnte aus seinem Wunderkräutergarten sämtliche Medizin anmischen, die er brauchte, und wenn es mal ein falsch liegendes Kalb zu gebären galt oder einem Gaul der Gnadenschuss verpasst werden musste, scheute er sich nicht, das zu tun.«

Ups, dachte ich bei mir, wobei ich fast ins Grinsen verfallen wäre. Das hätte Knoehr mir aber wohl nie verziehen.

»Sorry. Das entspricht tatsächlich genau dem, was ich vorhin als Täterprofil umrissen habe.«

»Allerdings.«

»Aber mal andersherum gefragt: Trifft das ausschließlich auf Ihren Onkel zu? Und – mit Verlaub – wie alt ist er denn heute?«

»Ende achtzig, aber fit wie ein Turnschuh. Und mir fällt keiner ein –«

»Ich glaube trotzdem nicht, dass wir uns um ihn Gedanken machen müssen.«

»Hmpf.«

Mit einem weiteren Grunzen trollte Knoehr sich in sein Büro.

Freunde, das wurde mir in diesem Augenblick sonnenklar, würden wir beide in diesem Leben nicht mehr werden.

*

Ich blickte Nora Träumer noch eine ganze Weile hinterher, nachdem sie ihrem Quattro die Sporen gegeben hatte. Die Schläge ihres Subwoofers verebbten langsam, erst dann schloss ich meinen eigenen Wagen auf. Ein Dienstwagen. Skoda. Mausgrau. Strasssteine hätte ich keine erwartet, aber eine vernünftige Musikanlage wäre schon ganz nett gewesen.

Und warum hatte Nora sich so dagegen gewehrt, mit mir gemeinsam aufzubrechen? Erst zu Esther Schiller und dann zu MARKfleisch. Es wäre ein Aufwasch gewesen, und der Besuch bei der frischgebackenen Witwe war sicher alles andere als einfach. Aber nein. Ich durfte allein in den Schlachtbetrieb fahren. Ausgerechnet ich. Schon allein bei der Vorstellung, was mich dort erwartete, verging mir der Appetit. Doch selbst das großzügige Tauschangebot, die Witwe zu übernehmen, hatte sie abgelehnt. Jeder andere Kollege hätte sich die Finger danach geleckt, und das nicht nur, weil sich die Aussicht auf Fleischkäse- oder Mettbrötchen eröffnete.

Eine Viertelstunde später erreichte ich das Gelände, auf dem schon früher ein VEB Fleisch- und Wurstkonserven produziert hatte. MARKfleisch ist STARKfleisch. Ich hatte am Gehalt dieses Slogans ganz konkrete Zweifel, und die wurden nicht kleiner, als mir der Geruch in die Nase stieg.

Dass sich der erste Mann am Ort mit »Fritz Haarmann« vorstellte, war eine freudsche Fehlleistung erster Güte. In Wirklichkeit wies ihn das Namensschild als Lutz Heermann aus, und nichts anderes hatte er vermutlich auch zu mir gesagt. Er trug ein graues Oberhemd und eine fleckige Arbeitshose. Eine Kombination, die ihn beim Sitzen wie einen Geschäftsmann aussehen ließ, ihm aber gleichzeitig ermöglichte, ein Messer bei sich zu tragen und sich blutverschmierte Hände an den Beinen abzuwischen.

Während wir uns einem niedrigen Anbau näherten, der zweifelsohne erst in den Achtzigerjahren an die aus roten Ziegeln gemauerten Hallen geklebt worden war, rangierte ein Lkw am Rande meines Blickfeldes in den Hof. Trampeln, Kreischen, aufschwingende Türen. Ich konnte den Jungbullen nicht sehen, doch ich wusste genau, was sich dort abspielte. Ein Bolzenschussgerät schnalzte dumpf. Dann plumpste eine halbe Tonne Rindvieh zu Boden.

»Wir schlachten hier auch«, kommentierte Heermann das Offensichtliche, während sich die Tür zu seinem Büro schloss. »Deshalb sind Sie auch hier, wenn ich das richtig verstehe.«

»Wie meinen Sie das jetzt?«

Heermann bleckte die Zähne. »Alle paar Jahre packt jemand die Verschwörungstheorie aus, dass hier zu DDR-Zeiten Regimegegner verwurstet wurden. ›In den Westen gegangen‹, habe man dazu gesagt. Sie wissen schon, wegen MARKfleisch in unserem Namen.« Er winkte ab und schüttelte lachend den Kopf. »Selten so einen Blödsinn gehört.«

Ich ließ mir Zeit mit meiner Antwort, denn sie sollte sitzen. Dazu rekelte ich mich und ließ sie recht beiläufig klingen: »Es wäre nicht das erste Mal auf der Welt, dass so etwas passiert.«

Heermann zuckte spürbar zusammen. Danach verdüsterte sich sein Blick: »Aha. Sie also auch.«

»Das habe ich nicht gesagt. Ich wurde als Profiler hinzugezogen, und da ist es meine Aufgabe, mich in den Täter hineinzuversetzen. Mich interessiert, ob es sich für den Mörder rechnen würde, seine Leichen hierherzubringen, um sie dann zu Hackfleisch zu verarbeiten. Ob es im Ablauf Ihres Betriebs überhaupt die Möglichkeit gibt, so etwas ungesehen passieren zu lassen. Denn mit der Belegschaft haben die Opfer ja erst mal nichts zu tun, habe ich recht?«

Es ratterte einen Moment hinter Heermanns Stirn, bevor er sagte: »Nein, soweit ich weiß, nicht. Obwohl es da zwei Polen gab, vor ein paar Jahren« – seine Hände schnellten nach oben –, »alles offiziell natürlich!«

Ich nickte ihm nur ruhig zu. »Was war mit denen?«

»Verschwunden. Von einem Tag auf den anderen. Aber das muss ja nichts bedeuten, oder?«

»Sie meinen, sie könnten einfach wieder nach Hause gefahren sein?«

»Zum Beispiel. Wir haben jedenfalls nie wieder von ihnen gehört. Und Polizei kam auch keine.«

Bevor er dazu übergehen konnte, sich abfällig über Arbeitsmentalität zu äußern, schob ich das Thema beiseite.

»Und sonst nichts Auffälliges im Betriebsablauf?«

»Nur das Übliche«, seufzte Heermann und rollte mit den Augen. »Drohmails von Tierschützern, ständig neue Auflagen, die wir bald nicht mehr erfüllen können, und dann das Kreuz mit dem importierten Billigfleisch. Wie gut, dass wir hier einen guten Namen haben.« Er richtete seinen Nachsatz ganz eindeutig an meine Adresse: »Hoffen wir nur, dass das auch so bleibt.«

»Ich sehe jedenfalls keinen Grund ...«, setzte ich an, doch da stand Heermann bereits auf.

»Sie glauben gar nicht, wie oft ich das schon gehört habe«, erwiderte er lakonisch. »Möchten Sie einen Rundgang? Dann werden Sie sehen, dass hier praktisch niemand einen Handstreich tun kann, ohne dabei überwacht zu werden.«

Widerwillig stimmte ich zu, auch wenn ich nicht das geringste Bedürfnis verspürte, dem Jungbullen noch einmal wiederzubegegnen.

Schon gar nicht teilzerlegt, so wie Marek Schiller.

*

Am Ende eines zwanzigminütigen Rundganges, der zwar nur halb so schlimm war wie befürchtet, mich aber trotzdem in Erleichterung versetzte, als der Glaskasten der Kantine in Sicht gelangte, war ich um einige Erkenntnisse reicher.

Erstens: Wäre ich ein Serienmörder und hätte eine Leiche zu entsorgen, dann gäbe es wohl an die hundert Möglichkeiten, das unauffälliger zu tun als ausgerechnet hier.

Zweitens: Ich wollte hier raus!

Doch Heermann dirigierte mich punktgenau vor eine Heiß-Kalt-Theke. Bevor ich mich dagegen wehren konnte, hielt er mir ein bauchiges Brötchen entgegen, aus dessen Enden heiße Fleischwurst hervorragte.

»Bitte schön«, grinste er. »Unsere Spezialität. Die Zipfel-Schrippe. Kennt man überall in der Umgebung.«

»Zipfel?«, wiederholte ich ungläubig. Denn in dem über faustgroßen Brötchen steckten gut und gerne dreihundert Gramm Wurst.

»Na ja, es ist immer ein Ende daran«, lachte Heermann und ließ sich eine weitere Zipfel-Schrippe über die Theke reichen. »Also immer ein Zipfel. Wir verwenden halbe Wurstringe. Die meisten Bäckereien der Umgebung fertigen extra Schrippen an, die beim Reinstecken nicht aufplatzen oder zerbröseln.« Er nahm einen großen Bissen und forderte mich kauend auf, dasselbe zu tun: »Essen Sie! Heiß schmeckt es am besten.«

»Danke.« Ich suchte gerade die Wände der Kantine nach einer Uhr ab, um mich irgendwie aus der Situation herausreden zu können, als ein fleckiger Weißkittel mit Haarschutz hereineilte. Er nickte kurz in meine Richtung, dann steckten die beiden Männer die Köpfe zusammen, um ein paar Worte zu wechseln. Man konnte den beiden ansehen, dass sie nicht erfreut wirkten. Und im nächsten Augenblick wandte der Kittel sich auch schon wieder ab. Hielt kurz inne, sein Blick wanderte in Richtung der Fleischwurstzipfel.

Hier, nehmen Sie meine, hätte ich ihm am liebsten zugerufen. Doch schon stapfte er los.

Heermann stand wie versteinert da. Seine Augen noch immer eingetrübt.

»Gibt es Probleme?«, fragte ich.

»Ach, wie man's nimmt«, brummte er abwesend, und auf seiner Stirn lagen tiefe Furchen. »Der Kevin ist mal wieder nicht zur Schicht erschienen.«

»Kevin wer?«

»Ach so, Kevin Tönnow. Lehrling im letzten Jahr. Eigentlich ein richtig Guter, aber es mangelt ihm an Zuverlässigkeit.«

Ich legte mein Wurstbrötchen auf den nächstgelegenen Tisch und notierte mir den Namen, direkt unter den Vermerk mit den zwei verschwundenen Polen. Nichts geschah zufällig in diesen Tagen.

Dann zerriss der Klingelton meines Smartphones die Stille.

5

Blaue Lichtreflexe zuckten über die Hauswände und brachen sich in Erkern und an Balken. Hinter den Fenstern verstohlene Blicke. Die nächste Umgebung war mit Flatterband abgesperrt. Noch bevor ich meine Wagentür öffnete, erkannte ich Träumer und Knoehr, die eine angeregte Unterhaltung mit zwei Uniformierten führten. Neben ihnen, im offen stehenden Heck eines Rettungswagens, hockte eine Brünette mit lockiger Haarpracht, die ihr bis über die Brust hing. Der Lippenstift leuchtete wie eine Signalfackel, was vermutlich daran lag, dass ihr Teint massiv an Farbe verloren hatte. Käseweiß beschrieb das wohl am besten, und ja, auch Veganer bemühen sich solcher Farbvergleiche. Wobei sich mir nie erschloss, weshalb man milchgelb und käseweiß sagen musste, wenn die Realität doch gemeinhin andersherum aussah. Ich näherte mich dem Absperrband und hielt meinen Ausweis parat, denn ich kannte längst nicht alle Polizeibeamten, die im Raum Zieplitz ihren Dienst verrichteten.

Vor einer Viertelstunde hatten mich noch völlig andere Gedanken beschäftigt. Der vermeintlich erlösende Anruf, in dem man mich über den Mord am Bürgermeister ins Bild setzte, wurde von einem übereifrigen Lutz Heermann zunichtegemacht. Kaum dass ich mich mit einem bedeutungsschwangeren »Ist dienstlich« verabschiedet und in Richtung Ausgang gewandt hatte, ohne dabei dem Ungetüm von einem Fleischwurstbrötchen noch einmal

Beachtung zu schenken, hörte ich seine Stimme hinter mir rufen: »Warten Sie!«

Reflexartig fuhr ich herum, und nur um ein Haar wäre Heermanns Hand mit dem Brötchen, Wurstende voraus, in meiner Visage geendet.

»Huch!«, entfuhr es mir.

»Nehmen Sie's mit für unterwegs«, bot er mir lächelnd an. Vor etwa zehn Minuten dann, auf der Landstraße, die sich in diesem Moment kerzengerade durch ein Waldstück schnitt, hatte ich das Beifahrerfenster heruntergelassen. Die frische Brise tat gut, und nach einem prüfenden Blick in den Rückspiegel nahmen Brötchen nebst Fleischwurst eine bogenförmige Flugbahn in Richtung Böschung.

Ob es hier Wölfe gab?

Ob man ihnen mit dieser Nahrung tatsächlich einen Gefallen tat?

Das Fenster war auch vor fünf Minuten noch offen gewesen; um genau zu sein, hatte ich es erst unmittelbar vor meinem Eintreffen geschlossen. Der Räuchergeruch hatte sich als ausgesprochen hartnäckig erwiesen.

Ich schüttelte mich und nickte dem Uniformierten zu, der mich offenbar erkannt hatte und zu den Kollegen durchließ.

Auf den Küchenfliesen erwartete mich eine Blutlache von immensem Ausmaß. Gregor Vollmer hatte kaum mehr einen Liter Blut in sich behalten, was damit zusammenhängen mochte, dass ihm sowohl die Gliedmaßen als auch der Kopf abgetrennt worden waren. Andersherum gesagt: Auf dem Kochfeld lag nichts weiter als ein Torso, aus dem jeweils einige Zentimeter Arm- und Beinreste ragten. Gerade so, dass man bequem eine Säge ansetzen konnte.

»Womöglich ein elektrisches Tranchiermesser«, hörte ich eine unbekannte Stimme flüstern. Ich suchte die Quelle und erkannte zwei Augen hinter den wallenden Konturen eines Schutzanzuges der Spurensicherung.

»Haben Sie etwas in dieser Art gefunden?«, fragte ich.

»Negativ. Vollmer schien mehr auf diese japanischen Damastklingen zu stehen.«

Meine Augen folgten dem behandschuhten Finger, der in Richtung Arbeitsplatte deutete. Dort befand sich ein halbes Dutzend Messer, eines edler als das andere, doch sämtliche Klingen glänzten blitzsauber. Mal abgesehen davon, dass man schon ein Samurai-Schwert brauchen würde, um einem ausgewachsenen Mann die Oberschenkel abzuschlagen.

»Prüfen Sie sie bitte trotzdem auf Blut«, ordnete ich an und wandte mich wieder dem Toten zu. Bevor ich einen Gedanken fassen konnte, trat Nora Träumer neben mich.

»Vollmer. Dieser Mistkerl«, zischte sie so, dass nur ich es hören konnte. »Ich hab ihm ja nicht selten die Pest an den Hals gewünscht, aber *das* ...«

Ich behielt meinen Gedanken für mich und beobachtete die junge Kollegin ein Weilchen dabei, wie sie ihre Blicke stoisch über die Leiche lenkte. Es war ein Gemetzel, doch sie blieb eiskalt. Zu kalt irgendwie.

»Gibt es irgendjemanden, der ein Motiv haben könnte?«, raunte ich ihr zu. *Jemanden außer dir*, hätte ich beinahe gesagt.

Schulterzucken.

Unsere Blicke trafen sich am gleichen Punkt des Körpers. Als Nora es bemerkte, huschte eine flüchtige Röte über ihr jugendliches Gesicht.

»Muss ihn ja jemand sehr gehasst haben, wenn er ihm selbst sein bestes Stück abschneidet«, folgerte sie.

Oder jemand mit großem Appetit, dachte ich. Doch ich vermied es tunlichst, das an Ort und Stelle laut auszusprechen.

*

Olga Michalski, eine äußerst attraktive Brünette mit operierter Nase, wie sich bei näherer Betrachtung entpuppte, stellte sich als Haushälterin vor. Alles ganz offiziell, wie sie mehrfach betonte. Keine Schwarzarbeit. Sie kenne die Familie seit ihrer Au-pair-Zeit, und man habe sie damals einfach behalten.

Je intensiver ich ihre Körpersprache beobachtete, desto klarer wurde mir, dass es nicht nur die grauenvolle Auffindung der Leiche war, die sie derart aus der Bahn geworfen hatte. Ich hätte meine linke Hand drauf verwettet, dass sie dem Bürgermeister zu Lebzeiten das Bett gewärmt hatte. Vielleicht hatte er ihr ja sogar das eine oder andere Upgrade spendiert. Denn an Olga war nicht nur die Nase falsch, so viel war mir längst klar geworden.

»M-hm«, resümierte Knoehr, der die Befragung durchführte und sich allerlei Notizen gemacht hatte. »Sie sind also heute Mittag regulär zum Dienst erschienen, haben mit Ihrem eigenen Schlüssel die Haustür entriegelt und die Leiche so vorgefunden und auch nichts am Fundort verändert.«

»Nein«, jammerte sie auf. »Was sollte ich denn auch tun?«

»Vitalzeichen?«, fragte der Kommissar, wedelte dann aber mit der Hand. »Ach nein, Entschuldigung.«

Trotzdem quiekte Olga empört: »An einem Körper ohne Kopf?«

»Ich sagte doch, war vorschnell. Aber die meisten Menschen fassen einen leblosen Körper an und können sich anschließend nicht mehr daran erinnern. Das ist ein großes Problem für die Forensik.«

»Ich *habe* aber nicht –«

»Schon in Ordnung, danke«, schaltete ich mich mit beruhigender Stimme ein und spürte, wie meine Hand auf den Oberarm der Frau sank. Der Wollpullover, den sie – garantiert mit Absicht – eine Nummer zu klein trug, fühlte sich angenehm warm und weich an. »Wir stellen so oft dieselben Fragen, da kann das mal passieren.«

Die Brünette wollte etwas sagen, stattdessen wurde sie von einem Schluchzen ergriffen und verbarg für einige Sekunden den Kopf hinter den Händen. Als sie wieder aufblickte, loderten ihre Augen. »Finden Sie dieses Schwein!«

»Das tun wir«, meldete sich Knoehr wieder zu Wort, und auch ich signalisierte mit einem Nicken meine Zustimmung. »Zwei Fragen noch, dann können Sie nach Hause gehen. Erstens: Haben Sie ein Auto? Weil, in der Einfahrt steht keines.«

»Ich komme mit dem Fahrrad. Kein Führerschein.«

»Okay. Und dann«, Knoehr druckste herum, »wie haben Sie ... also ich meine, woher wussten Sie, dass es sich bei dem Toten um Gregor Vollmer handelt? Er hat ja weder Kopf noch Hände. Nicht einmal mehr seinen –« Knoehr biss sich auf die Lippe – zu spät! –, und ich musste hart schlucken, um nicht laut aufzulachen. Offensichtlich hielt auch er die attraktive Frau für mehr als nur Vollmers Zugehfrau.

Sämtliche Farbe, die im Laufe des Gesprächs in deren Gesicht zurückgekehrt war, fiel mit einem Schlag wieder aus ihrer Miene. Und mit einem Feuer, das das vorherige zum lauen Flämmchen degradierte, spie sie in Richtung des Kommissars: »Ernsthaft? Schämen Sie sich! Wer soll es denn sonst sein?!«

Eine Schimpftirade in ihrer Muttersprache hinter sich zurücklassend, stampfte Olga Michalski von dannen.

*

Zwei Stunden später, bei der Dienstbesprechung, warfen sich schwerwiegende Fragen auf. Man brauchte weder ein alter Hase noch ein Profiler zu sein, um zu erkennen, dass es frappierende Unterschiede gab.

»Der Vollmer wurde doch drapiert«, sagte ich mit einem Deuten auf die anderen Fotos, die aufgefundene Leichenteile der früheren Opfer zeigten. »Und das auch noch bei sich zu Hause. So eine Abweichung ist für einen Serienmörder absolut unüblich.«

»Es sei denn, er hat triftige Gründe«, wandte Träumer ein.

»Und welche sollen das sein?«, murrte Knoehr. »Ich denke da eher an einen Nachahmer.«

»Gute Einwände«, sagte ich, zuerst Nora, dann den Alten anblickend. »Aber die Öffentlichkeit weiß nichts von unseren Ermittlungsdetails. Was sollte jemand also nachahmen und aus welchem Grund? Und warum macht er es dann ganz anders als in den vorherigen Fällen?«

»Na, eben *weil* er nichts Genaues weiß«, erwiderte Knoehr.

»Er – oder *sie*«, zwinkerte ich und glaubte dabei zu erkennen, wie Nora zusammenzuckte. Eilig fuhr ich fort: »Es könnte ja auch jemand aus unserem direkten Umfeld sein. Und ich muss gestehen: Zumindest einer der hiesigen Pressetypen weiß eine ganze Menge.«

»Doch nicht Sammy Metzler?«, stöhnte Nora Träumer auf und griff sich an die Stirn.

»Doch. Leider schon«, bestätigte ich. »Und ob er nach dem heutigen Mord noch bereit ist, seine Klappe zu halten ...«

Es ging noch eine ganze Weile hin und her, Theorien wurden gewälzt und Gedankenstürme losgetreten. Irgendwann wechselte Knoehr ziemlich abrupt das Thema.

»Berichten Sie uns eigentlich auch noch über Ihren Besuch bei MARKfleisch?«

Ich war mir nicht sicher, was genau aus Knoehrs Tonfall und dem dazugehörigen Blick herauszulesen war. War es der Hohn darüber, ausgerechnet einen praktizierenden Veganer in eine Fleischfabrik entsendet zu haben? Oder mehr der Neid darauf, dass nicht er es gewesen war, der ins Reich der Zippel-Schrippen reisen durfte? Vermutlich beides. Ohne mir etwas anmerken zu lassen, fasste ich meine kargen Erkenntnisse zusammen. Das Resümee war zum einen, dass es höchst unwahrscheinlich sei, dass jemand die Gerätschaften vor Ort zum Verschwindenlassen menschlicher Überreste benutzte. Aber zum anderen war da die Sache mit dem Lehrling.

»Vielleicht ist es Zufall, vielleicht auch nicht«, schloss ich. »Aber ausgerechnet nach der Mordnacht an Bürgermeister Vollmer erscheint Kevin Tönnow nicht zur Arbeit.«

Nur aus dem Augenwinkel registrierte ich, wie Nora zusammenzuckte, und auch der alte Knoehr weitete für eine Sekunde die Augen.

»Glauben Sie etwa ...«

»Ich glaube gar nichts. Aber wir sollten diesem Jungen unbedingt auf den Zahn fühlen. Wo war er gestern Abend? Und wo an dem Tag, als es Marek Schiller erwischt hat?«

Keiner der beiden sagte etwas.

Ich schnappte mir Nora direkt nach der Dienstbesprechung, als Knoehr sich in Richtung Toilette entfernt hatte.

»Auch einen Kaffee?«, neckte ich.

»Nein, danke.«

Aus meiner sonst so abgebrühten Kollegin schien binnen kürzester Zeit ein übernächtigtes Nervenbündel geworden zu sein.

»Was ist denn los?«, bohrte ich gnadenlos.

»Ach, nichts. Bitte frag nicht weiter.« Ihre Augen sprachen Bände, aber ich verkniff es mir. Den Arm hätte ich in diesem Moment um sie legen können, und sie hätte es geschehen lassen. Doch auch das verkniff ich mir. Stattdessen widmete ich mich der Kaffeemaschine und sagte mit gedämpfter Stimme: »Ich möchte, dass du diesen Tönnow vernimmst.«

»Ich?«

»Ja. Bitte.«

»Aber ich habe das bisher kaum gemacht ...«

»Egal. Ich bin ja auch noch da.«

»Aber ...«

»Hör zu. Der Knoehr hat vorhin die Vernehmung mit dieser Polin ziemlich versaut, den kann ich dafür einfach nicht gebrauchen. Und du bist hier geboren, und ihr passt vom Alter besser zusammen – vielleicht nützt uns das was.« Ich zwinkerte ihr zu. »Vielleicht gefällst du diesem Jungen ja sogar, und vielleicht kann man das irgendwie nutzen.«

»Ja, ja.«

Ich hatte Nora Träumer noch nie so widerwillig erlebt. Aber sie wusste, wann sie verloren hatte. Und in diesem Augenblick hatte sie es begriffen.

»Hol ihn her, meinetwegen mit Unterstützung, um ihn ein bisschen einzuschüchtern. Ich warte hier auf euch.«

Sie trollte sich just in dem Augenblick, als Knoehr um die Ecke bog, die Hände noch damit beschäftigt, den Hosenlatz zu schließen.

»Wo geht sie hin?«, wollte er wissen.

»Auf den schwersten Gang ihrer Laufbahn«, verkündete ich.

*

Eine knappe Stunde war vergangen, seit ich meine Kollegin losgeschickt hatte. Ich saß allein an meinem Schreibtisch, trank meinen dritten Kaffee, um das Hungergefühl zu bekämpfen, und sinnierte über Zippel-Schrippen und den Süßigkeitenautomaten nach, der sich im Erdgeschoss des Gebäudes befand. Dann vernahm ich das unverkennbare Röhren von Noras Boliden und stemmte mich nach oben. Trat ans Fenster, fokussierte den Innenhof, wo soeben beide Vordertüren des Audi aufschwangen. Niemand stieg aus. Es dauerte eine halbe Minute, bis zuerst sie, dann er den Wagen verließ. Noras Blick traf mein Fenster, und ich erschrak, weil ich mich ertappt fühlte. Doch warum eigentlich? Ich machte hier doch nichts Verbotenes! Sie war es doch, die mir etwas verschwieg. Zumindest glaubte ich das. Und schon im nächsten Augenblick wurde es zur Gewissheit. Als Tönnow die Tür zuknallte und neben sie trat. Wie er sie anblickte. Wie sie sofort einen Meter Distanz einnahm. Die beiden waren ein Paar! *Er* war also der Freund, mit dem sie das verlassene Anwesen beziehen wollte.

Eins zu null für den Profiler. Ich ließ dem Grinsen noch einmal freien Lauf, setzte dann meine Profi-Miene auf und machte mich auf den Weg in Richtung Vernehmungsraum.

Rein optisch gesehen war Kevin Tönnow nicht die schlechteste Wahl. Er war muskulös, tätowiert und vernünftig gekleidet. Wie es in Sachen Zuverlässigkeit aussah, was seinen Arbeitgeber anging, stand auf einem anderen Blatt. Und wie war es um seine Glaubwürdigkeit bestellt?

Nora quälte sich durch eine Viertelstunde, angefüllt mit Fragen aus dem Lehrbuch. Personalien, Alibi, alles rund um sein Verhältnis zum Opfer. Wohlweislich begann sie mit Marek Schiller und kam erst dann auf den Bürgermeister zu sprechen. Und ich hatte nicht den leisesten Zweifel daran, dass sie ihren Lover auf die Vernehmung vorbereitet hatte.

Das machte aber nichts. Je plausibler ein Alibi, desto einfacher konnte man es auf Herz und Nieren prüfen.

Herz und Nieren. Ein Gedanke durchzuckte mich wie ein Blitz, doch ich konnte ihn nicht zu Ende denken. Denn in diesem Moment stand Nora Träumer auf, gebot ihrem Gegenüber, sitzen zu bleiben, und verließ den Raum.

»Hast du alles mitbekommen?«, fragte sie, nachdem die Tür ins Schloss geschnappt war.

»Klar doch. Gut gemacht so weit«, lobte ich.

»Ich …«

»Ja?«

»Also …«

Das war der Augenblick, in dem ich mich vor ihr aufbaute, sie sanft an den Schultern nahm und ihr folgende Worte sagte: »Ich *weiß* es, Nora.«

Sie zitterte. »Du weißt es?«

Was auch immer sie glaubte, das ich wusste, ich antwortete ruhig: »Ich weiß, dass er da drinnen dein Freund ist.«

Schweiß schoss auf ihre Stirn. »Seit wann … Warum …?«

»Schon vergessen? Ich sehe Dinge, bevor jeder andere sie erkennt. Berufskrankheit. Und bei euch war es, na ja, ziemlich offensichtlich.«

»Mh.« Sie versuchte, meinen Blicken auszuweichen, was nicht ganz einfach war, denn meine Hände umfassten ihre Schultern noch immer. Langsam gab ich sie frei. »Tut mir leid«, hauchte sie.

»Ist ja nichts passiert. Aber die Vernehmung führst du trotzdem zu Ende.«

»Ja«, kam es kleinlaut zurück. »Danke.«

»Eins noch.«

»Hm?«

»Weiß Knoehr über euch beide Bescheid?«

Nora Träumer hob die Schultern und zog ihren Mund breit: »Ich glaube nicht. Ich meine, es geht ihn ja auch nichts an, oder?«

Das war zwar nicht unbedingt die Antwort, die ich erwartet hätte, aber gut. So, wie Knoehr nach der Dienstbesprechung reagiert hatte, hätte es beides sein können.

»Zumindest bis jetzt nicht«, antwortete ich, und Nora verschwand wieder in dem Raum, wo ihr Freund wartete.

*

Eine Spendengala hier, Umweltschutzprojekte da, und immer wieder strahlende Bilder eines Familienmenschen: So hatte er sich stets gerne darstellen lassen.

Gregor Vollmer. Bürgermeister mit Herz.

Hätte er geahnt, zu welcher Wahrheit dieser Slogan einmal gelangen würde, das eiskalte Grauen hätte ihn gepackt.

Die Obduktion hatte ergeben, dass ihm sowohl das Herz als auch die Leber und die Nieren entfernt worden waren. Alles unter Zuhilfenahme gezielter Schnitte, die man anschließend wieder so gut wie möglich verschlossen hatte. Das gesamte Ausmaß der Ausweidung hatte sich erst nach dem Abwaschen des blutverkrusteten Körpers offenbart.

Ebenso hatte eine Untersuchung der japanischen Messer ergeben, dass keines davon (und auch sonst keines der im Haus befindlichen Küchengeräte) benutzt worden war, um Gregor Vollmer zu zerstückeln. Ergo musste der Täter sämtliches Werkzeug mit an den Tatort gebracht haben. Mindestens eine Sporttasche oder einen geräumigen Rucksack. Und eine weitere Tasche, um Kopf, Arme und Beine sowie die inneren Organe abzutransportieren. Das führte weiter zu der Annahme, dass der Mörder praktischerweise mit einem Fahrzeug gekommen sein musste. Und zu guter Letzt stellte sich die Frage, was er als Nächstes mit seinen Trophäen tun würde. War es nicht rechnerisch der halbe Bürgermeister, den er mitgenommen hatte? Ein bisschen viel, selbst für die perversesten Serienkiller. Und es war nicht unbedingt davon auszugehen, dass er es auf Schrumpfköpfe abgesehen hatte. Überhaupt. Im direkten Vergleich zu Marek Schiller ergaben sich hier eine Menge Widersprüche. Dessen Kopf jedenfalls schien dem Täter nichts bedeutet zu haben.

Die blutverschmierte Sporttasche lag aufgeklappt auf den Bodenfliesen, die ein altes Muster zeigten. Zwei Pfannen standen auf dem Herd, aus der einen stieg der Duft nach Bratzwiebeln. In die andere fielen die glänzenden Stücke. Es zischte wütend. Mit seiner Linken griff der Mann in der Kochschürze nach den Apfelringen, die er kurz zuvor geschnitten hatte. Nur noch wenige Minuten, dachte er zufrieden.

Hätte er einen Terminkalender geführt, wäre *Essen mit dem Bürgermeister* der wohl treffendste Eintrag gewesen. Auch wenn Gregor Vollmer das wohl ganz anders gesehen hätte. Aber seine letzte Amtszeit war nun endgültig abgelaufen, und es hätte sich – für Detailverliebte – sogar die Frage stellen können, ob er wirklich noch als Bürgermeister zu bezeichnen war. Weniger wegen der Tatsache, dass er zum Großteil zerstückelt worden war, sondern ganz banal, weil die Unterzeichnung des Totenscheins praktisch seinen Rathausvize zum Nachfolger bestimmt hatte.

War es also nur noch ein banaler Mensch, einer von siebeneinhalb Milliarden, dessen Leber das gesamte

Haus mit einem fantastischen Duft erfüllte? Siebeneinhalb Milliarden Menschen. Demgegenüber standen rund eineinhalb Milliarden Rinder und Schweine. Wie lange sollte das noch gut gehen? Wäre es nicht vollkommen ethisch, schon im Hinblick auf den Welthunger oder das Klima, wenn man sich an seinem Nachbarn labte? Dass es vielleicht nicht immer dem Fair Trade, wohl aber dem ökologischen Aspekt zugutekommen würde, den einen oder anderen Zeitgenossen einfach zu verspeisen? Bürgermeister Vollmer jedenfalls war ein gesunder, nicht von Medikamenten verdorbener Mann in den besten Jahren gewesen. Und genau jetzt kam es auf nichts anderes an, als den richtigen Garzeitpunkt seiner Leber nicht zu verpassen. Denn niemand aß gerne zähes Fleisch, und es war nun mal so, dass es auch in den Tiefen des Internets keine brauchbaren Informationen darüber gab, wie sehr sich das Bratverhalten von menschlicher Leber gegenüber dem von Schweine- oder Kalbsleber unterschied.

Höchste Zeit, dass sich daran etwas änderte.

4

Am nächsten Tag traf ich auf dem Weg ins Dienstzimmer auf einen müde wirkenden Kollegen Knoehr. Er sah aus, als habe er die halbe Nacht durchgezecht, und ich hätte schwören können, dass er noch in derselben Kleidung steckte wie am Vortag.

»Alles in Ordnung mit Ihnen?«, fragte ich geradeheraus. Ein nickendes Grunzen – oder vielmehr ein grunzendes Nicken – war alles, was ich als Antwort erhielt. Doch so einfach ließ ich den alten Platzhirsch nicht vom Haken. »Tönnow und unsere junge Kollegin sind also ein Liebespaar«, konstatierte ich in die morgendliche Stille hinein.

»Ach.«

»Ist das alles, was Ihnen dazu einfällt?«

»Mh. Was soll ich denn sonst dazu sagen? Ich bin schließlich nicht Noras Vater.«

»Mag sein, aber darum geht es doch gar nicht. Haben Sie davon gewusst oder nicht?« Knoehr druckste kurz. »Na ja, ich *dachte* es mir wohl. Hatte die beiden mal zusammen gesehen, aber das ist schon eine Weile her. Bei jungen Leuten ...«

»Jedes Detail ist wichtig«, unterbrach ich ihn schroff. »Das hätte ich verdammt noch mal wissen müssen!«

»'tschuldigung. – Und jetzt?«

»Was meinen Sie?«

»Müssen wir Nora wegen Befangenheit von der Ermittlung abziehen?«

Ich hob die Schultern und zog eine Grimasse. »Dann fehlt uns ein guter Ermittler. Und die fallen hier ja nicht gerade vom Himmel, nicht wahr?«

Knoehr war anzumerken, dass er meinen letzten Satz ziemlich überheblich fand. Er sagte aber nichts. Zu tief saß seine Scham, weil er das Offensichtliche nicht rechtzeitig angesprochen hatte. Sollte er sich ruhig noch eine Weile unwohl fühlen. Er hatte aus seiner Ablehnung mir gegenüber schließlich auch keinen Hehl gemacht.

Rache ist Blutwurst. Wieder so ein bescheuerter Vergleich. Obwohl ...

»Also was jetzt? Lassen wir alles, wie es ist?«

»Würde ich sagen.« Ich nickte. »Nora hat sich bei der Vernehmung ganz gut geschlagen, und wer weiß? Vielleicht ist es ja nicht verkehrt, sie in unserer Nähe zu halten.«

Ich machte eine kurze Pause, ließ meinen Blick durch den Raum schweifen und sagte dann wie beiläufig: »Wussten Sie eigentlich, dass unsere Kollegin und ihr Lover einen Blick auf das alte Ulbricht-Anwesen geworfen haben?«

»Ach?« Knoehr probte ein Pokerface, doch er war offensichtlich sehr beeindruckt davon, wie gut ich mich in der Gegend auskannte.

»Herrje, ich bitte Sie! War das jetzt ein Ja oder ein Nein?«

Er wippte mit dem Kopf. »Da war, glaub ich, mal was. Aber ...«

»Schon klar. Lange her. Nichts dabei gedacht.«

»Ich weiß mich eben zurückzuhalten.« Er funkelte mich an. »Ich stelze der Kleinen nicht die ganze Zeit hinterher wie ein Gockel.«

Zuerst verkrampfte sich einiges in mir, aber dann gelang es mir, mit einer frechen Schlagfertigkeit zu reagieren: »Hat man ja gesehen, was Ihre Zurückhaltung gebracht hat.«

Bum! Das hatte gesessen. Und bevor Knoehr seine Fassung zurückerlangen konnte, legte ich nach: »Ich musste jedenfalls niemandem nachstelzen, um zu erfahren, dass der ach so tolle Bürgermeister sich auch mal unbeliebt gemacht hat. Stichwort Katharinenhof.«

Knoehr wurde um eine Nuance blasser, als ihm das Puzzlemotiv dämmerte. Tönnow. Das denkmalgeschützte Haus. Der Bürgermeister.

»Die Rechtsmedizin sagte, einiges an dem Vollmer-Mord passe nicht ins Bild«, begann er leise, als wolle er vermeiden, dass jemand anderes seine Worte hören konnte. »Macht das Tönnow zum Verdächtigen? Lagen wir mit MARKfleisch also die ganze Zeit richtig? Hat Tönnow sich als Trittbrettfahrer an den Mörder gehängt, oder ist er am Ende …«

Nur schön weiter, dachte ich zufrieden. Zufrieden, weil es wichtig war, dass Knoehr von selbst auf alles kam. Ich war der Fremde, der übergestülpte Vorgesetzte, und am Ende hatte der Kommissar noch so etwas wie Vatergefühle für seinen Zögling Nora. Allein aus einem Schutzreflex heraus würde er jede Theorie ablehnen, die ihr in irgendeiner Weise schaden könnte. Zumindest, wenn sie von mir kam. Doch nun war er von selbst darauf gekommen. Tönnow. Fleischerlehrling. Geschickt mit dem Ausbeinmesser. Und auf der anderen Seite der großherzige Bürgermeister, der ausgerechnet ihm im Weg stand.

»Verdammt, was machen wir jetzt?«, schnaufte Knoehr und fuhr sich mit beiden Händen durch das lichter werdende Haar.

»Erst mal ruhig bleiben und nichts überstürzen«, sagte ich zu ihm. »Wir müssen uns die nächsten Schritte jetzt sehr, sehr gut überlegen.«

Als hätte sie auf ein unsichtbares Zeichen gewartet, dass wir nicht mehr über sie sprachen, stürmte Nora Träumer in den Raum. Ohne einen Gruß über die Lippen zu bringen, keuchte sie die Worte hervor, deren Botschaft für mich zunächst wie eine Geheimsprache klang: »Der Ludwig ist verschwunden.«

Sofort zeigte sich Bestürzung in Knoehrs Miene.

»Ach herrje!«

Der Ludwig. In einem unbedarften Kopf entstehen da vermutlich Bilder. Ein Standbild. Ein Kunstobjekt. Etwas, was jeder Einheimische kennt, aber der Fremde oft nicht als Besonderheit wahrnimmt.

»Klärt mich mal bitte jemand auf?«, forderte ich.

Die Köpfe meiner Kollegen flogen herum. Ein kurzer Blickwechsel, dann legte Nora los: »Der Ludwig, das ist ein Zieplitzer Original. Und er ist normalerweise ...«

»So wie die Zippel-Schrippen?«, unterbrach ich sie grinsend.

»Wie? Nein! Ludwig ist ein Obdachloser, ein Stadtstreicher, der sich meistens rund um Bahnhof oder Einkaufspassage aufhält. Für die meisten von uns gehört er zum Stadtbild, weil er irgendwie schon immer da ist.«

»Das bedeutet, er ist ein alter Mann«, sagte ich.

»Na ja, schon, aber das ändert doch nichts.«

»Theoretisch schon. Weggerannt sein dürfte er wohl kaum. Aber die Nächte waren frisch in den letzten Tagen. Was ist mit einer Unterkunft? Gibt es doch sicher hier. Oder die Bahnhofsmission? Und was mit der Notaufnahme? Alte Männer sind« – ich drückte mich bewusst etwas sensibler aus – »ja nicht mehr so stabil wie junge.«

»Alles abtelefoniert«, sagte Nora und schüttelte den Kopf. »Sein Schlafplatz hinterm Bahnhof war unbenutzt, und sein Seesack stand herrenlos herum.«

»Ihr solltet noch mal hinfahren«, schlug Knoehr vor.

»Warum wir?«, fragte ich, von akuter Unlust erfüllt, den Schlafplatz und die Habe eines Gammlers zu untersuchen. »Sie kennen das alles doch viel besser als ich.«

Knoehrs Augen suchten die Wanduhr, es war kurz nach neun. Danach stotterte er: »Ich müsste gleich mal kurz ins Rathaus. Dauert nicht lange, ich kam noch nicht dazu, es Ihnen zu sagen.«

»Was zu sagen?«

Nora unterdrückte ein Kichern, mit dem sie ein »Du weißt ja echt gar nichts« zum Ausdruck brachte. Womöglich hätte sie es gestern um diese Zeit noch laut ausgesprochen. Doch seit der Vernehmung von Tönnow war unser Umgang seltsam angespannt.

3

Vielleicht wäre manches anders gekommen, hätte ich es nicht derart übertrieben. Dabei hätte gerade ich, von allen Kollegen als Topprofiler angesehen, mich im Grunde besser unter Kontrolle gehabt haben müssen. Doch es ist dasselbe Problem, das Pädagogen oder auch Anwälte haben: Bei anderen Menschen ist alles immer ganz einfach, ganz klar, ganz logisch. Aber bei sich selbst, bei der eigenen Familie, da ist der Blick verwässert. Und die Kontrolle über sich selbst ist viel zu schnell dahin.

Das Projekt eines erklärten Tierfreundes drängte sich in dieser Gegend ja förmlich auf. MARKfleisch hier, MARKfleisch da. Da hatte es mich wie der sprichwörtliche Blitz getroffen, was nun zu tun war:

Die Zippel-Schrippe ohne tierische Beteiligung!

Ein großes Projekt für den einzigen freien Tag, der mir vergönnt war. Im Grunde hatte man als Ermittler ja nie frei, solange ein Mord aufzuklären war. Doch die Sache mit Tönnow erschien mir ganz vielversprechend, also durfte ich mir auch mal ein paar Stunden Abstand genehmigen.

Der Dialog beim Bäcker, den ich kurz vor Mittag aufgesucht hatte, war etwas holprig gewesen:

»Guten Tag. Ich hätte gerne vier dieser besonderen Brötchen.« Mein Finger wies dabei in eine bestimmte Richtung.

»Ah. Unsere Zippel-Schrippen?«

»Ja. Aber ohne Wurst.«

»Also vier Weizenbrötchen.«

»Nein. Es sollen diese dickeren Brötchen sein.«

»Ohne Wurst?«

Die Verkäuferin schaute, als habe ich sie an den Rand ihrer Flexibilität gedrängt und sie würde jede Sekunde in einen Abgrund stürzen. Die erlösende Ausflucht meinerseits lautete: »Ich brauche sie zum Grillen. Die Wurst habe ich selbst. Aber wenn das nicht geht ...«

»Nein, nein. Aber ich muss erst nachschauen.« Vermutlich hätte sie sich bei vollem Laden nicht die Mühe gemacht, aber außer mir stand keiner in der Stadtrand-Filiale. Sie verschwand hinter einer Tür, es rumpelte kurz, dann kehrte sie zurück. Ihre Miene war gezwungen, ihre Worte klangen freundlich: »Zwei Stück hätte ich noch da.«

»Dann nehme ich die. Danke.«

Wieder in der Küche, kontrollierte ich meine Zutaten. Pökelsalz, Paprika, eine Gewürzmühle mit bunten Pfefferkörnern. Koriander, Ingwer, Kardamom. Ich überlegte, ob man diese letztgenannten Gewürze zu DDR-Zeiten bei MARKfleisch ebenfalls im Repertoire gehabt hatte. Andererseits pflegte der Staat ja seinerzeit nicht die schlechtesten Beziehungen in den Fernen Osten.

In der Tiefkühltruhe warteten weitere Zutaten, darunter Plastikflaschen mit angefrorenem Wasser, in dem sich die ersten Eiskristalle bildeten. Diese konnte man zwar nicht sehen, aber bei Plastikflaschen ist das ungefähr der Moment, wenn sie sich bis zur höchsten Spannung ausdehnen.

Fein säuberlich aufgereiht und in eine Mehrfachsteckdose gesteckt, deren Schalter erwartungsvoll glomm, begann der Prozess in einer Metallschüssel. Von dort aus ging es in den Fleischwolf. Aus den drei Millimeter dünnen Bohrungen drang eine hellrote Masse. Zuerst hatte ich eine noch kleinere Scheibe eingesetzt, aber die angefrorenen Würfel hatten sich nur widerwillig durch die Schnecke in Richtung Ausgang leiern lassen. Einen sprichwörtlichen Wolf hatte ich mir da gedreht, ich konnte beim bloßen Gedanken daran noch spüren, wie es in den Muskeln meines rechten Oberarms zog.

Für den Rest gab es die Maschine, die sich zwischen Fleischwolf und dem Siedetopf am rechten Tischrand befand. Genau wie alle anderen Geräte konnte man auch bessere Küchenmixer wie meinen Kutter anonym über den Onlinehandel beziehen. Wenn man dem Internet Glauben schenken durfte, war das Wursten schon beinahe ein Volkssport geworden, demnach waren solche Bestellungen also völlig unverdächtig. Und während sich die gewolfte Masse mit Gewürzen und Eiskristallwasser im Kutter zu einer geschmeidigen Klebepampe vermischte, legte ich die vorbereiteten Kunstdärme bereit. Auch diese gab es im Internet, und das Ganze in jeder gewünschten Farbe und Form. Für die Zippel-Schrippen eigneten sich halbe Ringe, fünfeinhalb Zentimeter im Durchmesser und 21 cm lang. Damit würden sie das Original schon einmal ganz entscheidend übertreffen: Aus meinen Brötchen lugten jeweils zwei Zipfel!

Bei MARKfleisch würde man sich die Haare raufen.

Mit dem Thermometer in der Hand und den Augen auf der wabernden Masse wartete ich ungeduldig auf den richtigen Moment. Ein Augenblick, der so gewählt werden wollte, dass die Temperatur der Wurstmasse nicht über dreizehn Grad kletterte und trotzdem lange genug zerkleinert und vermengt wurde, um völlig gleichmäßig zu sein. Und allerlei chemische Prozesse in Gang gesetzt zu haben, wie das Lösen von Eiweißen und dergleichen.

Dann begann die eigentliche Sauerei: das Befüllen der Wursthüllen. Am Ende dieser Tätigkeit schwammen acht Würste in dem Topf rechts außen, der die Wassertemperatur auf konstanten 89 Grad Celsius hielt und mir nun eine Pause von etwa einer Stunde erlaubte, in der ich aus der Schürze stieg, mir dreimal die Hände wusch und sowohl den Fleischwolf als auch die Schüssel gründlich reinigte. Mehr als einmal wischte ich mir dabei den Schweiß von der Stirn und fragte mich, ob das Handwerk für Kevin Tönnow ebenfalls so kräftezehrend war. Und wie man es fünf Tage pro Woche aushalten konnte, in einem *derartigen* Geruch zu arbeiten!

Am Ende des Prozesses entnahm ich mit einer Holzzange die erste Wurst. Kesselfrisch, so nannte man das. Den Rest davon würde ich, gemäß Rezeptur aus dem Internet, für mindestens einen Tag durchreifen lassen.

Autsch, ist die heiß!

Hoffentlich fällt sie nicht auseinander, wenn ich die Pelle abziehe.

Und wie bekomme ich eigentlich das Loch in die Schrippe?

Anfängergedanken.

Doch am Ende lugten zwei Zipfel, die ein kräftiges Aroma ausdampften, aus dem Brötchen, und voller Stolz nahm ich den ersten Bissen.

Zwei Dinge konnte man mit Fug und Recht sagen:

Es waren acht kleine Meisterwerke geworden!

Und für diese Würste hatte kein einziges Tier leiden oder gar sterben müssen.

*

Es war im Grunde klar gewesen, dass man ihn wieder auf freien Fuß setzen würde. Doch erst hier draußen fühlte sich seine Freiheit wirklich real an. Kevin Tönnow saß in einem der oberen Zimmer. Auch in der ersten Etage waren die meisten Fenster vernagelt, hier und da gab es aber sogar noch heile Glasscheiben. Das Sonnenlicht fiel durch ein seitliches Fenster, staubig und fleckig zwar, aber es verlieh dem Raum ein Ambiente, das Tönnow mochte. Ein russischer Kalender aus dem Jahr 1988 hing an der Wand. Im Bücherregal und auf dem Holzboden davor befanden sich umgekippte Wälzer, die meisten davon zerfleddert. Zwei Dutzend Bücher hatte Tönnow im Raum aufgelesen und ins Regal sortiert. Er hatte den wuchtigen Schreibtisch wieder aufgerichtet, den Vandalen umgekippt und seiner Schubladen entledigt hatten. Eine schwarze Mulde von einem Meter Durchmesser erinnerte wie ein Mahnmal daran, dass jemand aus Papier und dem Schubladenholz ein Feuer entfacht hatte. Nicht auszudenken, wenn die Flammen um sich gegriffen hätten. Tönnow stand auf und trat ans Fenster. Er blickte die Allee entlang, über die man das Anwesen erreichte. Die einzige Zufahrt, wie er wusste. Und man konnte von Glück reden, dass das Haus so weit abseitsstand, so dass sich kaum mehr jemand hierher verirrte.

Er nahm wieder auf der Tischkante Platz und widmete sich dem in helles Leder gebundenen Notizbuch.

Schiller, M.
Alter: Mitte dreißig
Gewicht: 79,3kg
davon Herz: 320 g, Gehirn: 1360 g, Leber: 1910 g
Anm.: Ex-Sportler? Brachliegendes Muskelgewebe

deutet darauf hin, muss aber schon ein paar Jahre her sein. Dunkle Leber. Feine Äderchen im Gesicht. Scheint mehr zum Typ Mann zu gehören, der auf dem Sportplatz rumsteht und Alkohol trinkt.
Entnommen: Tätowierung rechtes Wadenbein
4 Streifen Rückenhaut → TOP! Völlig haarfrei
0,8 l Blut
diverse Stücke eingepökelt

Tönnow schrak auf, als er glaubte, ein Geräusch vernommen zu haben. Er reckte den Hals in Richtung Fenster. Draußen war alles genauso still wie zuvor. Er wusste außerdem, dass das Haus dazu neigte, mit ihm zu sprechen. Ständig ächzte und knarrte es in dem Bau, und der Wind ließ Läden klappern und wirbelte Papiere auf. Draußen hämmerte ein Specht. Und wieder zog sein Buch Tönnow in den Bann.

Die nächste Eintragung:

Vollmer, G.
Alter Neunundvierzig
Gewicht 86,8 kg
Davon Herz: 310 g, Gehirn: 1380 g, Leber: 1790 g
Anm.: Bürgermeister = Schreibtischhengst. Für sein Alter recht zart mit guter Durchwachsung. Großes Genital (Fleischpenis); musste ich mitnehmen. Komplikation bei Schlachtung: Blutbehälter umgekippt. Schwache Ausbeute. Dafür <u>so</u> eine schöne Leber!
600 g frisch zubereitet (ein Gedicht!), Rest eingefroren.
Weitere Entnahmen: diverse Stücke Oberschale (= Sitzfleisch)

2 × Eisbein zum Einpökeln
Fettgewebe Arme und Bauch

Kevin Tönnow schluckte hart, und das Buch entglitt seiner Hand.

Da war es wieder. Und es war nicht das Haus, das da mit ihm sprach.

Eines war ihm nun vollkommen klar:

Er war nicht allein.

2

Ich fragte mich immer wieder, weshalb Nora mir dieses Anwesen überhaupt gezeigt hatte. Vertraute sie mir? Oder wollte sie mich nur bezirzen? Welche Ziele sie aber auch dabei verfolgt hatte, sie hatte mich hierhergeführt. Und mir damit eine wunderbare Gelegenheit gegeben, einen Fang zu machen.

Denn nachdem ich etwa eine Stunde lang vor den Stellwänden verbracht und mir das Hirn zermartert hatte, waren mir mehrere Dinge klar geworden:

Chef hin oder her – sowohl Träumer als auch Knoehr waren mir in Sachen Erfahrung eine ganze Nasenlänge voraus. Und es war ein ordentlicher Zinken, den ich mir da vorstellte. Nora und ihr Lover, der immer mehr zum Hauptverdächtigen wurde. Und dann dieser Knoehr. Ein alter Griesgram, der sich nicht in die Karten blicken ließ und plötzlich eine Schwester im höchsten Amt der Stadt sitzen hatte. Nora musste das doch gewusst haben, genau wie Knoehr von ihr und diesem Tönnow gewusst haben musste.

Höchste Zeit, die Bärenfalle aufzuklappen. Irgendjemand würde am Ende darin zappeln, so viel war sicher.

Als Knoehr aus dem Rathaus zurückkehrte, lotste ich ihn direkt zu mir. Nora war noch nicht vom Bahnhof wiedergekommen, wo sie noch einmal alles genau in Augenschein nehmen wollte. Offensichtlich ging sie beim Verschwinden dieses Obdachlosen tatsächlich von einem

Gewaltverbrechen aus. Oder aber die Sache lag ihr einfach am Herzen. War das eine versteckte soziale Ader, ein Hang, sich um Streuner zu kümmern? Und gehörte Tönnow ebenfalls zur Kategorie Streuner?

»Ich habe mir das alles noch mal genau angesehen«, begann ich. »Müssen wir wirklich jemanden in U-Haft nehmen, damit die Presse zufrieden ist?«

»Doch nicht etwa den Tönnow?«, fragte Knoehr, noch außer Atem von der Treppe, die er vom Parkplatz nach oben genommen hatte.

»Ist mir auch nicht recht«, erwiderte ich schulterzuckend. »Die Frage wäre dann auch, wie wir das unserer Kollegin beibringen.«

»Das schmeckt mir alles überhaupt nicht.« Knoehrs Schweißperlen standen derart zahlreich auf der Stirn, dass sie nicht nur vom Treppensteigen herrühren konnten.

»Darf ich Ihnen etwas, hm, Unkonventionelles vorschlagen?«, fragte ich.

»Mh?«

»Nur so eine fixe Idee. Aber Sie könnten Nora ja warnen. Sagen Sie ihr, ich habe Kevin auf dem Kieker. Aber warten Sie damit, bis ich weggefahren bin. Beobachten Sie, wie sie reagiert. Später telefonieren wir dann. Ich werde den Rest des Tages nicht mehr hierher zurückkehren, damit Nora mich nicht ansprechen kann.«

Es ratterte fast schon hörbar hinter der schweißnassen Stirn des Kollegen. Schließlich aber nickte er.

»So machen wir es. Wobei dann die Chance besteht, dass Tönnow flüchtet. Wenn er sich über Polen absetzt ...«

» ...dann haben wir zumindest den Beweis. Und die Morde hören auch auf. Den Rest mag dann Interpol auslöffeln.«

»Geht man das in Berlin immer so an?«, murrte Knoehr und kratzte sich am Ohr.

Aber diese Antwort blieb ich ihm einfach schuldig.

Auf dem Innenhof musste ich zuerst in die Sonne blinzeln, was mich wertvolle Sekunden kostete. Noch bevor ich die Richtung zu meinem Wagen einschlagen konnte, vernahm ich die vertraute Stimme.

»Hey! Wohin soll's gehen?«

Nora Träumer. Sie löste sich aus einer Gruppe von Uniformierten, die vermutlich vom Bahnhof kamen, und eilte auf mich zu. Wie im Asphalt verwurzelt stand ich da und ließ sie kommen. Sie wischte sich eine Haarsträhne aus der Stirn und neigte den Kopf. »Fährst du zur Rechtsmedizin?«

Ich blickte mich betont verstohlen um und presste ein »Geh schnell weiter« hervor.

Sie verstand nicht, also fügte ich hinzu: »Knoehr soll uns nicht zusammen sehen. Vertrau mir. Geh ins Foyer und warte auf meinen Anruf. – Beeil dich!«

Was auch immer den entscheidenden Ausschlag gab, vermutlich waren es die gezischten zwei Worte, mit denen ich ihr die besondere Brisanz zu verstehen gab. Nora machte sich auf den Weg ins Gebäudeinnere, auch wenn ihr die Fragezeichen wie eintätowiert im Gesicht standen.

Zwei Minuten später hatte ich den Wagen aus dem Innenhof gelenkt und baute eine Bluetooth-Verbindung mit dem Smartphone auf.

»Hi, schon wieder«, erklang Noras Stimme. »Würdest du mir jetzt bitte mal erklären ...«

»Hör zu«, unterbrach ich sie. »Knoehr wird gleich auf dich zukommen und dir gegenüber eine Warnung aussprechen. Er wird behaupten, dass ich deinen Freund auf dem Kieker habe und mir einen Haftbefehl besorge.«

»Wie bitte? Aber Kevin ...«

»Lass mich ausreden, bitte. Du darfst dir nichts anmerken lassen. Frag ihn, was er dir rät, was ihr tun sollt.«

»Hör mir doch mal zu«, sagte Nora, diesmal sehr energisch. »Kevin ist nicht der Mörder, da bin ich mir ganz sicher.«

»Das mag ja sein. Aber solange ich nicht weiß, wo Knoehr in diesem Spiel steht, sollten wir uns darauf einlassen.« Ich räusperte mich heftig. »Immerhin hat der Tod von Gregor Vollmer seine Schwester ins Bürgermeisteramt katapultiert. Da wäre sie per regulärer Wahl wohl niemals hingekommen.«

Auch ohne eine hörbare Regung wurde das Entsetzen am anderen Ende der Verbindung deutlich.

»Knoehr bezweckt jedenfalls etwas«, schloss ich. »Kennt er das Haus, das du mir gezeigt hast?«

»Nein. Also zumindest weiß er nicht, dass wir ein Auge darauf geworfen haben.«

»Dann sollte Kevin sich am besten dort verstecken. Und sobald du mit Knoehr gesprochen hast, reden wir noch einmal.«

»In Ordnung.«

Ich hatte Nora Träumer, diese toughe junge Frau, noch nie so überrumpelt erlebt.

Fast tat sie mir leid.

*

Kevin Tönnow hatte es tatsächlich nicht mitbekommen.

Auf leisen Sohlen waren Knoehr und ich durch das Haus geschlichen. Statt des knarrenden Treppenaufgangs hatten wir eine Seitentreppe genommen, die nachträglich angebracht worden war. Eine Bausünde einerseits, vermutlich aus Brandschutzgründen – eine Rettung im wahrsten Sinne des Wortes andererseits. Sie brachte uns unbemerkt ins Obergeschoss, wo wir uns durch den breiten Flur bewegten. Die Dienstwaffen im Anschlag, auch wenn keiner von uns vorhatte, sie abzufeuern. Zumindest ich nicht, so viel war sicher. Und Knoehr hatte sich unlängst erst gerühmt, dass er in seiner gesamten Dienstzeit noch nie zur Waffe greifen musste, ein Warnschuss ausgenommen, den er aber in die Luft abgegeben hatte.

»Heute bitte nicht in Richtung Decke schießen«, hatte ich ihm eingebläut. Wer konnte schon wissen, was das an der Statik dieser Ruine anrichten würde?

Wir *wussten*, dass Tönnow sich hier aufhielt. Einmal, weil Nora es mir bei unserem zweiten Telefonat gesagt hatte, und außerdem, weil ich mich vor unserem Einsatz selbst davon überzeugt hatte. Die Sache war viel zu heikel, um sie dem Zufall zu überlassen. Deshalb hatten Knoehr und ich auch auf Uniformierte verzichtet und waren mit nur einem Wagen gekommen, den wir in einem Waldweg abgestellt hatten. Dann achthundert Meter über sandigen Boden, der mit Nadeln und Zapfen übersät war. Das Risiko, über die Allee zu kommen und dabei entdeckt zu werden, war viel zu hoch.

Kurz bevor wir das Anwesen erreicht hatten und uns für einen kurzen Sprint aus dem Schutz des Waldes bis zur Hintertreppe begaben, verzog ich mich hinter eine verkrüppelte Kiefer, um mich zu erleichtern. Statt meinem Hosenstall entsperrte ich das Smartphone und informierte Nora Träumer flüsternd darüber, dass Knoehr mich zu dem verlassenen Haus geschleppt habe, das sie mir unlängst gezeigt hatte. Offenbar wisse er doch von ihren Renovierungsfantasien und vermutete daher, dass Kevin sich hier verborgen hielt.

»Verdammt!«, wimmerte sie. »Aber ich habe ihm doch nie etwas verraten!«

»Kunststück«, sagte ich. »Mit einer Schwester im Amt des Bürgermeisters.«

Noras Entsetzen war auch ohne Worte zu hören. Als sie endlich weitersprach, klang sie gequält:

»Aber ... warum hast du das zugelassen?«

»Ausreden konnte ich es ihm ja nicht«, antwortete ich gepresst. »Also besser so, als dass ich ihn einen Alleingang machen lasse, oder?«

»Versprich mir, dass er nichts Dummes tut.«

»Ich versuche es. Bleib um Himmels willen, wo du bist, hörst du?« – Sie würde genau das Gegenteil tun. »Ich muss jetzt Schluss machen, sonst bekommt er was mit.«

Eine SMS später war das Telefon wieder in der Tasche verstaut. Die Hand am Reißverschluss liegend, stapfte ich zu meinem Kollegen zurück.

»Das hat aber lange gedauert«, rügte Knoehr.

»Ich kann eben nicht auf Kommando.«

Er quittierte das mit einem wissenden Lächeln, während mein Körper mir signalisierte, dass ich wirklich mal musste. Doch es war zu spät. Die Würfel waren gefallen.

Mit gezückten Waffen näherten wir uns dem alten Herrenhaus.

*

War es das fünfte oder sechste Zimmer? Ich hatte aufgehört zu zählen. Überall mit Brettern vernagelte Fenster, Unrat und Graffiti. Um ein Haar wäre ich in einen großen Haufen Exkremente getreten. Vom einstigen Glanz des Anwesens war jedenfalls nicht mehr viel übrig, und ich konnte mir nur schwer vorstellen, wie man diese Ruine wieder auf Vordermann bringen konnte. Ein Visionär müsste man sein. Ein Träumer.

Apropos. Es gab für uns genau zwei Möglichkeiten: Entweder Nora hatte ihren Lover gewarnt, oder sie ließ ihn ins offene Messer laufen. Diese beiden Optionen bargen wiederum weitere Abwägungen in sich, von denen es jetzt primär um eine ging. Hatte Tönnow das Gebäude verlassen, oder verbarg er sich hier irgendwo und lauerte uns auf?

Der nächste Raum war eine Art Studierzimmer. Schreibtisch, Bücherregal, ein Brandfleck auf dem Boden. Praktisch kein Unrat, der zu unseren Füßen lag, das fiel auch Knoehr sofort auf.

»Scht!« Er war als Erster hineingetreten, fror seine Bewegungen ein und hob die Hand, um mich ebenfalls zu stoppen. Behutsam tastete er sich weiter vor.

»Dieser Raum wirkt fast schon bewohnt«, hauchte ich.

»Er war hier«, bestätigte er und nickte. Sein Finger deutete in Richtung eines Aschenbechers, neben dem zwei Red-Bull-Dosen standen. Eine davon war angelaufen, und rings um ihren Boden hatte sich ein Ring aus kondensiertem Wasser gebildet.

Meine Augen suchten das Fenster mit dem Blick nach draußen. Die Sonne hatte sich längst auf den Weg zum Horizont begeben und tauchte alles in ein goldenes Licht. Ich musste zweimal blinzeln, und schon geschah es:

»Hatschi!«

Knoehr wäre um ein Haar in die Luft gesprungen.

»Sind Sie des Wahnsinns?!« Sein Lauf zeigte direkt auf mich, was keine angenehme Erfahrung war.

»'tschuldigung«, sagte ich und zog einen schiefen Mund. »Sonnenallergie.«

Just in diesem Moment flog die Holzvertäfelung auf, und ein Schatten sprang hervor.

»Achtung!«, schrie ich und duckte mich weg, um mir nicht doch noch einen sich vor Schreck lösenden Schuss aus Knoehrs Pistole einzufangen. Doch dieser sprang selbst schon in Richtung der Eingangstür, um Tönnow den Weg abzuschneiden. Ungeahnte Reflexe, das musste ich zugeben, für einen so alten Hasen. Der Junge aber war schneller.

»Halt! Stehen bleiben!«

Ob dieser Ruf jemals einem Polizeibeamten etwas gebracht hatte? Ein flüchtiger Gedanke, genauso flüchtig wie Tönnow. Er würde nicht stehen bleiben und sich seinem Schicksal ergeben, so viel war schon mal sicher. Aus den Augenwinkeln erkannte ich, dass es sich bei seinem Versteck um eine Art begehbaren Wandschrank handelte, den man im geschlossenen Zustand nicht erkennen sollte. Und mit dem zweiten Blick sah ich Knoehr, der soeben durch die Tür jagte. Draußen entfernten sich hastige Schritte.

»Ich hier, Sie da!«, schrie ich dem Kollegen zu, als wir beiden den Gang erreichten. Meine Hand deutete einen Bogen an, der ihm begreiflich machen sollte, dass er die Hintertreppe hinabsteigen, das Haus umrunden und in die Vorhalle kommen sollte. Ich würde derweil die verbleibenden Räume abgrasen und ihm Tönnow bestenfalls in die Arme treiben.

Während Knoehr sich entfernte und das Getrappel verhallte, glaubte ich, ein entferntes Brummen zu hören. Doch schon krachte der Lärm einer berstenden Flügeltür in meine Ohren.

Raum Nummer acht. Oder so.

»Tönnow! Ergeben Sie sich, um Himmels willen!«, sagte ich laut. »Ihnen kann nichts passieren. Sie sind doch viel zu jung, um für all die Morde verantwortlich zu sein.«

Stille.

Noch zwei weitere Zimmer, dann kam die Treppe. Ich lauschte erneut. Hätte ich das Knarren nicht hören müssen? Oder war Tönnow am Ende über das Geländer nach unten gerutscht?

Im vorletzten Raum brauchte ich nicht weiter zu suchen. Sämtliches Gerümpel schien hier angehäuft worden zu sein. An ein Durchkommen war nicht zu denken. Während ich mich also der letzten Türöffnung zuwandte, vernahm ich ein Geräusch. Ich fuhr herum, und da war er. Wie aus dem Nichts, offenbar galt meine Einschätzung nur für mich, und er hatte sich doch in dem aufgestapelten Unrat verborgen. Gut, Tönnow war nur halb so breit wie ich. Es war demnach das Überraschungsmoment und nicht die Physik, womit er mich zur Seite hebelte.

»Halt, verdammt!«

Ich taumelte, aber dann bekam ich ihn direkt vor den Lauf. Und tatsächlich verharrte er für ein, zwei Sekunden, das Treppengeländer bereits in Griffweite und die Hand schon halb danach ausgestreckt. Zwei Sekunden, die mir genügten, um mit einem gewagten Sprung auf ihn zuzuhechten.

Während ich flog, hörte ich einen Schrei.

Tönnow stand noch immer regungslos da. Sein Blick wirkte panisch. Dann bekam ich ihn auch schon zu fassen, leider viel tiefer, als ich es geplant hatte. Statt seiner Hüfte umschlangen meine Arme seine Beine. Er trat heftig aus, ich war gezwungen, meinen Griff zu lösen.

Trotzdem verlor Kevin Tönnow den Halt.

Wieder ein Schrei, doch diesmal klang er anders. Alles um mich herum drehte sich, doch dann bremste das Geländer uns ab. Mich und Tönnow. Verschlungen und keuchend wie zwei Liebende.

Mein Blick wurde verschwommen, doch ich erkannte am unteren Ende der Treppe die Kollegen Träumer und Knoehr. Er zielte auf mich. Sie zielte auf ihn.

Dann ein Knall.

Und es wurde schwarz.

1

Das Erste, was meine Augen erblicken, ist die Visage von Sammy Metzler. Getaucht in blaue Lichtreflexe, die vom Signal des Rettungswagens herrühren.

»Er ist wach«, sagt der Reporter und wird prompt von Nora Träumer zur Seite geschoben.

»Was war *das* denn?«, fragt sie, und ihre Stimme klingt unterkühlt, gleichzeitig aber auch besorgt.

Ich sammle mich, was anhand des Dröhnens hinter meinem Stirnverband nicht ganz leichtfällt.

Metzler hat meine SMS also bekommen, stelle ich zufrieden fest. Und Knoehr? Und Tönnow?

Bilder zucken durch meinen Kopf. Die Beine, der Sturz, der Treppenpfosten. Das Pochen in meinem Kopf lässt darauf schließen, dass ich eine Beule gigantischen Ausmaßes davontragen werde.

»Wo ist Kevin?«, frage ich mit schwerer Zunge, und Noras Miene verdüstert sich.

»In U-Haft.«

»Und Knoehr?«

»Hat ihn einkassiert. Was sollte dieser bescheuerte Hechtsprung?«

Zwischen den Zeilen meine ich herauszuhören, dass sie mir die Schuld an der Verhaftung gibt. Ohne meinen Sprung – denkt sie – wäre Tönnow über den ersten Stock geflohen.

Ich stammle: »Hat er ihn ...«

»... verfehlt«, antwortet Nora.

Das Lächeln schmerzt. Knoehrs zweiter Schuss in der gesamten Berufslaufbahn. Und wieder daneben.

Mir wird flau und schummrig. Wie auf Kommando taucht ein Sanitäter auf und unterbricht das Gespräch.

»Tut mir leid«, lasse ich meine Kollegin noch wissen, bevor die Türen des Rettungswagens zuknallen.

Drei Stunden später hat man mich untersucht und zur Beobachtung aufgenommen. Verdacht auf Schädel-Hirn-Trauma. Eine Nacht, Minimum. Man serviert mir Brote mit Bierschinken und Salami. Dazu Erdbeerjoghurt.

Willkommen zurück, Übelkeit! Wenigstens serviert man hier keine Zippel-Schrippen ...

Ich hole das Smartphone aus der Schublade und gehe aus dem Flugmodus. Sofort ploppen ein paar Nachrichten auf, mich interessieren vor allem diejenigen von Nora:

Mensch, warum musstest du diesen Typen vom Stadtkurier herbestellen??!! Morgen ist Kevin überall in der Zeitung zu sehen, und jeder hält ihn für den Mörder :-(

Kannst du dich bitte mal melden?
Dringend!!

Okay. Ich weiß nicht, was die im Krankenhaus mit dir anstellen. Hoffe, es geht dir gut! Aber melde dich mal bei mir. Es ist wichtig. Knoehr lässt mich nicht zu Kevin, und ich habe kein gutes Gefühl, wenn er ihn alleine vernimmt.
Bitte melde dich!!!

Es läuft tatsächlich genauso, wie ich erwartet habe.

*

Noch am Abend entlasse ich mich selbst.

»Sie haben ja überhaupt nichts gegessen!«, empört sich die Schwester kurz zuvor. Aber kein Wort darüber, dass ich meine Kleidung angezogen und den Krankenkittel säuberlich auf das gemachte Bett gefaltet hatte.

»Ich esse auswärts«, antworte ich mit einem Augenzwinkern.

»Aber Sie sollen doch ...« *Jetzt* begreift sie.

»Ich muss hier raus. Auf eigene Verantwortung, ich weiß. Muss ich noch irgendwo unterschreiben?«

Ich lasse sie einfach stehen. Sie ist zu baff, um mir zu antworten.

Draußen erst stelle ich fest, dass ich überhaupt nicht mobil bin. Ich greife erneut zum Telefon.

»Nora?«

»Endlich! Ich hab dir schon x-mal getextet!«

»Holst du mich ab?«

»Wo denn?«

»Jedenfalls nicht am Tierpark«, erwidere ich süffisant.

»Klar. Sorry. Ich bin gleich da.«

Offenbar saß sie bereits hinterm Steuer. Und tatsächlich, keine fünf Minuten später holpert der Audi Quattro auf den Storchenparkplatz, der eigentlich für werdende Eltern reserviert ist.

»Geht's dir denn gut?«, will Nora Träumer zuallererst wissen, als ich mich auf den Beifahrersitz fallen lasse. Ich klappe die Sonnenblende herunter und betrachte meinen Stirnverband im Spiegel.

»Na ja. Sieht schlimmer aus, als es ist.«

»Hm. Tut mir leid, was ich geschrieben habe. Aber ich dachte nicht, dass ihr Kevin wirklich verhaftet. Und dann auch noch mit Hinwerfen und Schießen.«

»Und das sagt eine, der eine Leichenöffnung nichts ausmacht«, erwidere ich und zucke dabei mit den Augenbrauen, was ich sofort bereue, denn sofort wird das Pulsieren heftiger.

»Aber hier geht es um *meinen* Freund«, betont sie, »der – und da bin ich mir absolut sicher – auch noch unschuldig ist!«

»Schon gut«, beschwichtige ich sie. »Fahr mich zur Polizei, ich kümmere mich darum.«

»Danke.« So richtig beruhigt wirkt sie nicht, das merkt man nicht nur an ihrem waghalsigen Fahrstil.

»Hey!«, sage ich, als die nächste Ampel, die bereits Tieforange zeigt, unaufhaltsam auf uns zurast. »Du kannst dich auf mich verlassen. Ich hole Kevin da raus.«

Nora steigt in die Eisen. Als der Audi zum Stehen kommt, entspannt sie sich ein wenig und ich gleich mit.

»Aber wie?«, fragt sie und schenkt mir einen verzweifelten Blick.

»Frag nicht. Lass mich einfach raus und gönne dir eine Mütze Schlaf. Du brauchst deine Kraft.«

»Ich kann doch ...«

»Du kannst. Und du wirst.« Ich deute auf das Licht, mittlerweile zeigt es Grün. Der Wagen erzittert und beschleunigt dann. »Das ist eine Dienstanweisung«, füge ich hinzu und lache dabei.

*

Kevin Tönnow ist offensichtlich nicht erfreut, mich zu sehen. Er hat ein ziemliches Veilchen, das hätte ich gar nicht erwartet. Als er meinen Verband sieht, grinst er spöttisch.

»Was machen Sie denn hier?«

»Ich hole Sie hier raus.«

»Echt jetzt?« Ohne überheblich klingen zu wollen: Die Intelligenz scheint er nicht gerade mit Löffeln gefressen zu haben.

»Ich kann auch wieder gehen und Sie Knoehr überlassen. Hat er das gemacht?« Mein Finger zeigt auf sein malträtiertes Auge.

»Nein. Das geschah beim Sturz. Also verdanke ich es Ihnen.«

»Dann sind wir ja quitt«, meine ich lachend und deute auf den Verband. »Aber Spaß beiseite. Nora hat mich hierhergefahren. Möchten Sie jetzt mit mir mitkommen oder lieber in der Gewalt des Mannes bleiben, dessen Schwester die neue Rathauschefin ist?«

»Soll das heißen ...? Hat etwa Knoehr ...?«

»Ich habe nichts dergleichen gesagt«, erwidere ich mit beiden Händen abwinkend. »Doch eines weiß ich sicher: Sie haben hier drinnen nichts mehr verloren.«

»Und was soll ich machen? Etwa fliehen?« Er lacht nervös auf. »Und dann ... dann schießt mir jemand in den Rücken?«

»So ein Quatsch«, zische ich. »Ich mache das für Nora. Aber wenn wir nicht bald die Kurve kratzen, dann war's das. Also was ist?«

Warum müssen junge Leute bloß immer so stur sein?

Dann aber lenkt Tönnow ein. Er legt sich auf die Rückbank meines Dienstwagens, eine alte Decke über sich ziehend.

»Wohin?«, will er noch wissen, als ich gerade den Zündschlüssel herumdrehen möchte.

»Erst mal zu mir«, antworte ich.

»M-hm. Und dann?«

Dann wird Kevin Tönnow als verschwunden gelten.

Die Morde werden aufhören.

Und ich darf zurück nach Berlin.

Klingt das nicht nach einem hervorragenden Plan?

Womöglich wird man Knoehr als Täter in den Fokus nehmen, auch wenn er das Ganze lächerlich finden und vehement leugnen wird.

Vielleicht unterstellt man ihm am Ende sogar, dass er Kevins Flucht begünstigt hat, um den Verdacht von sich abzulenken. Oder seiner Kollegin zuliebe. So ein verkorkstes Vaterverhalten vielleicht.

Das lasse ich alles auf mich zukommen.

Das Einzige, was mir schwerfallen wird, ist, dass ich mich bis auf Weiteres aus dem Geschäft verabschieden muss.

Keine weitere Schlachtung.

Keine Zippel-Schrippen mehr – und das ausgerechnet jetzt, wo mir das Rezept so gut gelungen ist.

Aber ein allerletztes Mal habe ich ja noch vor mir.

*

Wir betreten mein Grundstück vom Garten her. Es ist das alte Haus meiner Großtante Amelie. Keinerlei Verbindung zu dem Familienanwesen, auf dem ich aufgewachsen bin. Kein Hof, kein Hund, keine dramatischen Erinnerungen. Die blickdichte Hecke, die in den letzten paar Jahren kaum mehr gepflegt wurde, schützt vor neugierigen Nachbarn. Die Fenster sind klein und liegen hoch, es gibt noch alte Speicheröfen und einen Kamin. Der bittere Gestank fällt keinem hier auf, weil man an ihn gewöhnt ist. Und er überdeckt sämtliche Brüh- und Räuchergerüche.

Ich schiebe Tönnow durch das Törchen. Vorbei an den Gartensteinen, die nun ordentlich aufgereiht daliegen.

»Wo sind wir hier?«

»Bei mir zu Hause. Ich sagte doch, wir müssen vom Radar verschwinden.«

Er zögert.

»Vertrauen Sie mir«, fordere ich ihn lächelnd auf. »Nora weiß Bescheid. Wir lassen uns etwas einfallen, damit Sie sauber aus der Sache herauskommen.«

»Aber ich bin doch überhaupt nicht *in der Sache drin!*«, wehrt er sich weiter.

»Und was ist mit dem Notizbuch? Für Knoehr jedenfalls ist das ein entscheidendes Indiz.«

»Das hat mir jemand untergeschoben.«

Ich huste. »Tut mir leid. Aber das reicht nicht. Nicht für Knoehr.«

Tönnow will noch etwas sagen, aber ich bedeute ihm, ins Hausinnere zu verschwinden. *Die Nachbarn*, gebe ich ihm mit einigen Gesten zu verstehen. *Müssen ja nicht alles mitbekommen.*

Wie wenig meine Nachbarn von mir mitbekommen haben, wird manche von ihnen wohl wie ein Erdbeben erschüttern.

Die schweren Vorhänge verschlucken das meiste Tageslicht. Wir müssen beide blinzeln und verlangsamen unsere Schritte. Als Nächstes platziere ich Kevin Tönnow an einem alten Kirschholztisch, den ich meist zum Schreiben und als Ablage benutze. Hastig schiebe ich allerlei Schnüre und Lappen beiseite.

»Was ist das alles?«, fragt er.

»Nachlass meiner Großtante«, winke ich ab. »Sie konnte nichts wegwerfen.«

Ich lege ihm einen Papierblock und einen Kugelschreiber hin.

»Beginnen Sie zu schreiben. Und zwar alles, was Ihnen einfällt. Wo Sie waren, als Marek Schiller verschwand. Alles, was Sie in irgendeiner Weise entlasten kann.«

»Schreiben?«, stöhnt Tönnow auf.

»Was dachten Sie denn?«

»Haben Sie kein Aufnahmegerät?«

»Wir können gerne zurück auf die Wache fahren«, erwidere ich honigsüß.

»Nein, bloß nicht. Ist ja schon gut.«

Der Metzgerlehrling beugt sich über das Papier.

»Könnten Sie ein bisschen mehr Licht machen?«

»Ich kümmere mich darum.«

Angestrengt nach vorn stierend, lässt der junge Mann den Kuli übers Papier fahren. Wort für Wort, Satz für Satz. Bald scheint er seine Frage nach dem Licht vergessen zu haben. Als die Deckenlampe aufflammt, quittiert er das mit einem Grunzen. Er schreibt und schreibt. Geht voll und ganz auf in seiner Aufgabe.

Ich habe die Schuhe ausgezogen, damit mein schwerer Gang mich nicht verrät. Die Spitzhacke in meiner Rechten schwingt bedächtig über dem Boden. Vier Schritte noch. Dann drei, zwei, eins. Meine Muskeln verhärten sich. Die linke Hand sucht ebenfalls nach dem hölzernen Griff, das Metall schwingt in die Luft, genau in dem Moment, als Tönnow die erste Seite umschlägt.

War es mein Schatten, der mich verraten hat? Nein, das kann nicht sein. Die Hacke saust gnadenlos in Richtung seines Kopfes, aber ausgerechnet da dreht der Junge sich um. Blut spritzt auf das Papier, als das Metall seine Schläfe aufreißt. Er schreit auf, fasst sich ans Ohr, und ich taumle, vom Schlag ins Leere aus dem Gleichgewicht gebracht, nach vorn. Tönnow dagegen schnellt nach oben. Was mir an Schlagkraft verloren ging, setzt dieser Hänfling nun doppelt frei. Die Spitzhacke, an die ich mich noch immer klammere, benutzt er wie einen Griff. Schiebt mich von sich. Ich will sie wegwerfen, doch er dreht mir das Handgelenk um, bis es lauthals knackt. Meine Faust nimmt seine blutende Schläfe zum Ziel, doch er ist so verdammt schnell. Es folgt ein Tritt in meinen Unterleib. Es ist sein spitzes Knie, das mir die Sterne vor die Augen treibt.

Irgendwann gehe ich zu Boden. *Ich.* Der Ältere, der Größere, der Stärkere.

»Du Verrückter. Erschlagen wolltest du mich?«

Er hat nun mit beiden Händen den Griff der Spitzhacke umklammert und drückt ihn mir so tief in den Kehlkopf hinein, dass ich außer einem müden Strampeln kaum mehr etwas hinbekomme. Meine Arme werden schwer wie Blei.

Also habe ich recht behalten, zumindest fast, denke ich.

Keine weitere Schlachtung.

Keine Fleischwurst.

Auch kein allerletztes Mal.

Denn das Letzte, das ich auf dieser Welt zu sehen bekomme, ist Tönnows Faust, die mir, als meine Gliedmaßen längst zu erschlaffen beginnen, das Licht ausknipst.

NULL

Es dauerte mehrere Tage, bis das Puzzle zusammengesetzt war, und es bestand noch immer aus mehr Lücken als Teilchen.

Der stadtbekannte Gammler Ludwig war wieder aufgetaucht. Alkoholbeseelt faselte er vom Keller eines Hauses, in dem er eingesperrt gewesen sei. Man vermutete, er habe sich im Suff dorthin verirrt und die Tür sei zugefallen. Danach begannen die Widersprüche. Nora Träumer riet ihm, nicht zu viele Details zu verraten, damit er nicht noch wegen Einbruchs oder Hausfriedensbruch belangt werde. Hauptsache war doch, dass er wohlauf zurück war und noch für viele Jahre auf dem Bahnhofsvorplatz herumlungern konnte.

Knoehr hatte sich – nicht ohne gehöriges Magengrimmen in aller Form bei Kevin Tönnow entschuldigt. Er versprach ihm außerdem, bei seiner Schwester ein gutes Wort einzulegen, damit sie sich der Sache mit dem alten Haus wohlwollend annehme.

Mit der Tatsache, dass der Profiler genauso sang- und klanglos verschwunden war, wie er einst in Zieplitz auftauchte, hatte man sich längst abgefunden.

Und irgendwann, wenn das Haus der alten Tante baufällig oder jemand von den Stadtwerken sich wegen der Strom- oder Wasserversorgung Zutritt beschaffen würde, müsste man sich mit einer ganzen Menge grauenvoller Fundstücke herumschlagen. Darunter auch die Tätowierung von Marek Schiller, die einfach zu verlockend gewesen sein musste, um sie einfach mit seinen Überresten verwesen zu lassen. Stattdessen lag sie als ledriger Einband um eine gebundene Einzelausgabe von *Die Räuber*. Zweimal Schiller.

Außerdem gab es Pökelfässer, allerlei Besteck und Utensilien. Fäden, Kordeln, Läppchen und Schnüre, die eindeutig menschlichen Ursprungs waren. Das Notizbuch, das Kevin Tönnow untergeschoben worden war, ließ auf mindestens achtundzwanzig Tötungen mit anschließender Zerstückelung schließen. Von jedem Körper das Beste, was er an Fleisch zu bieten hatte. Außerdem jene Souvenirs, mal nur ein Hautstreifen, mal ein prächtiges Tattoo.

Einzig das Öffnen der seit dem Abstellen des Stromes zur Raumtemperatur aufgeheizten Gefriertruhe bereitete den Spurensicherern gewiss keinen Spaß.

Ich würde also als grausamer Kannibale in die Stadtgeschichte eingehen. Als der *Fleischer von Zieplitz*. Auch in Berlin würde man über den Fleischer reden. Und wie er, noch vor Monaten, eine andere Verbrechensserie aufgeklärt hatte.

Der vegane Fleischer.

Der, dessen Name Carlo Zingka – wenn man um zwei Ecken dachte und ihn zu Charly Thinker anglifizierte – ein beinahe frappierender Hinweis auf Karl Denke war. Jenen einsilbigen Kannibalen, der in der schlesischen Stadt Ziębice mindestens 42 Menschen getötet hatte.

Doch im Gegenteil zu Denke hatte man mich nicht verhaftet.

Auf mich warteten größere Dinge.

*

Im Rathaus gab es Wurst.

Doppel-Zippel, wie Tönnow sie nannte. Eine Weiterentwicklung der lokalen Spezialität, zur Feier des Tages exklusiv von ihm zubereitet.

Man hatte sich zusammengefunden, um die Amtseinführung von Knoehrs Schwester zu feiern. Und die Unschuld Tönnows zu feiern. Und um über die Sache mit dem alten Haus vor den Toren der Stadt zu reden.

Knoehr, die Bürgermeisterin, allerlei Stadtverordnete und Journalisten, darunter natürlich auch Sammy Metzler, und Nora Träumer waren anwesend. Dazu noch eine Handvoll erlesener Gäste.

»Diese Fleischwurst«, hörte man es überall schmatzen.

»Köstlich!«

»Hat eine Note von Lamm. Ist da Lammfleisch drinne?«

Tönnow verneinte.

Immer wieder wurde er auf die Rezeptur angesprochen, doch er verweigerte partout jeden Kommentar dazu. Ebenso, wie er nach der Laudatio nicht viel mehr zu sagen hatte als das, was ohnehin schon jeder wusste.

»Carlo Zingka ist der Mörder. Er hat es mir gegenüber gestanden. Und er hatte mich ausgewählt, um einen Sündenbock aus mir zu machen.«

»Und dann?« – »Wie haben Sie sich befreit?«

»Er hat mich aus der U-Haft befreit. Wollte mich wahrscheinlich ebenfalls töten, um anschließend zu behaupten, ich sei geflohen. Hätte mich nach Polen abgesetzt oder so. Nun ja«, Tönnows Schultern hoben sich, »aber ich konnte ihn überwältigen. Und fliehen.«

»Und was ist mit ihm?«

»Bedaure. Das weiß ich nicht.«

»Vielleicht hat *er* sich ja nach Polen abgesetzt oder so.«

Oder so.

Kevin Tönnow verhielt sich jedenfalls genauso, wie man es wahren Gentlemen stets nachsagte: Genießen und schweigen.

Und er genoss es wahrhaftig.

Jeden Bissen, mit dem die Erinnerung an Carlo Zingka ein Stückchen mehr – und in völligem Unwissen – von den Schlünden der Geschichte verschluckt wurde ...

GESPANNT AUF MEHR?
ENTDECKEN SIE AUCH DIE ANDEREN FESSELNDEN HIGHLIGHTS VON DANIEL HOLBE UND ANDREAS FRANZ:

BLUTWETTE

Drogen, Glücksspiel, Schulden:
Der 18. Fall von Julia Durant

DER PANTHER

Bis dass der Tod sie scheidet –
Fall 19 für die Kult-Kommissarin Julia Durant

DER FLÜSTERER

Der 20. Fall für Kommissarin Julia Durant –
und ihr persönlichster!

»So fesselnd, dass man während der Lektüre sogar das Atmen vergisst« *Literaturmarkt.info*

»So spannend geschrieben sollten alle Krimis sein.« *OK*

KNAUR